KB114128

올 스탯 슬레이어

올 스탯 슬레이어 3

비츄 장편소설

초판 1쇄 찍은 날 § 2015년 9월 18일
초판 1쇄 펴낸 날 § 2015년 9월 25일

지은이 § 비츄
펴낸이 § 서경석

편집책임 § 김현미

펴낸곳 § 도서출판 청어람
등록번호 § 제387-1999-000006호
등록일자 § 1999. 5. 31
어람번호 § 제1-2237호

주소 § 경기도 부천시 원미구 부일로 483번길 40 서경B/D 3F (우) 14640
전화 § 032-656-4452 팩스 § 032-656-4453
http://www.chungeoram.com
E-mail § chungeorambook@daum.net

ⓒ 비츄, 2015

ISBN 979-11-04-90420-2 04810
ISBN 979-11-04-90378-6 (세트)

올 스탯 슬레이어 ③

FUSION FANTASTIC STORY

비츄 장편소설

도서출판
청람

CONTENTS

올 스탯
슬레이어

CHAPTER 1

문제가 발생했다. 결론부터 말하자면 사망자가 40여 명. 부상자가 30여 명이었다.

거북이 몬스터는 등껍질이 있을 때엔 온순하며 공격을 하지 않는, 이른바 '초식형 몬스터'였다. 선공 습성도 없고 느린 데다가 덩치만 커서 스킬 수련에 좋다는 말까지 나돌았다. 그런데 실드가 깨지고 나자 모습이 변했다.

등껍질이 깨지면서 몬스터가 갑자기 난폭해진 것이다. 더 이상 거북이의 형태가 아니었다. 네 발 달린 도롱뇽같이 생긴 그 몬스터는 꼬리로 후려치고 앞발과 뒷발을 사용하여 슬레이어들을 짓밟았다. 그리고 가장 성가신 공격은 입에서 내뿜는 녹색 산성 액체였다. 방패를 가진 슬레이어들은 그나마 사정이 나았다. 아무래도 단순 방어력만으로는 방어가 힘든 공격인 듯했다. 방패처럼, 물리적인 형태의 방어 수단이 있어야 그 액체를 방어하는데 수월한 것 같았다. 이를테면 '물질'보다는 H/P감소에 특화된 공격이라고 볼 수 있었다. 거북이 몬스터는 결국 플래티넘 등급의 현석에 의해 슬레잉되기는 했다. 하지만 그다지 기쁘지 않았다.

'성향이 변화하는 몬스터라니.'

싸이클롭스보다는 훨씬 약한 개체였다. 실제로 현석은 거북이 몬스터를 슬레잉했을 때에 '어려운 업적' 판정을 받았고 보너스 스탯으로 15포인트―페널티를 제외하고―를 받았다. 싸이클롭스는 불가능 업적이었고 말이다.

현석은 예전, 한국에서 나타났던 싸이클롭스의 공격력을 대략 10만 가량으로 평가하고 있다. 그러나 거북이 몬스터의 경우는 그 절반도 못 미치는 수준의 공격력과 속도를 갖고 있었다. 싸이클롭스와 같은 완전 버그급은 아니라는 소리다. 현석이 대략적으로 파악했을 때, 거북이 몬스터의 공격력은 약 1만 정도가 아닐까 싶었다. 그러나 1만이라고는 해도 슬레이어들을 한 방에 죽여 버리기엔 충분한 수치였다.

게다가 입에서 뿜어내는 녹색 액체는 피하기 힘들만큼 빠르게 쏘아졌다. 심지어 여러 방울―거북이의 입장에서는 방울이지만 슬레이어의 입장에선 물줄기에 가까운―로 갈라져서 발사됐기 때문에 슬레이어들의 사망 숫자가 굉장히 빨리 늘었다. 그러니까, 다시 말해 광역기였고 일정 수준 이하의 슬레이어들을 순식간에 녹일 수 있는 공격이란 뜻이었다.

진천산으로 이동하는 헬기 내에서, 현석은 잠시 생각에 빠져들었다.

'워낙에 안심하고 가까이 붙어 있던 것이 피해를 크게 만들었어.'

이래서 방심이 무서운 거다. 현석은 최대한 빨리 거북이 몬스터를 슬레잉했다. 거북이 몬스터의 공격은 현석의 방어력을 뚫지 못했다. 그리고 녹색 액체 공격마저도 별다른 효과를 발휘하지 못했다. 저번 싸이클롭스 때와 마찬가지로 알림음이 현석에게 친절히 그 상태를 알려줬다. 거북이 몬스터가 노멀 모드의 규격을 초과한 몬스터일 가능성이 높다는 소리였다.

[자이언트 터틀의 산성 독에 적중되었습니다.]
[피부에 직접 접촉되어 크리티컬 대미지가 적용됩니다.]
[피부에 직접 접촉되어 100퍼센트의 대미지가 추가 적용됩니다.]
[대미지 ―100]

현석의 H/P가 깎여 나갔다. 10만 중에서 100이 날아갔다. 이 정도는 간에 기별도 안 갈 만큼의 수치였지만 이것이 의미하는 바는 꽤 컸다. 현석의 방어력은 약 5만 정도이다. 이 방어력을 뚫고 대미지 100을 준 거다.

'게다가 직접 타격형이 아니야.'

노멀 모드에 들어서서 나타난 몬스터들은 대부분 직접 타격형 몬스터였다. 트롤이 그랬고 트윈헤드 트롤도 그랬다. 심지어 노멀 모드의 규격을 초과한 몬스터인 싸이클롭스도 마찬가지였다.

'공격 형태도 다양해지고 있다는 뜻이지.'

결론은 명확했다.

'몬스터가 진화하고 있다.'

어쨌든 현석은 업적을 다시 한 번 일궈낼 수 있었고 채림은 약속대로 모든 스탯을 탐색 스킬에 올인했다. 15라는 스탯은 절대 적은 스탯이 아니다. 현석이 얻어서 적어보이는 거지, 일반 슬레이어들에게는 엄청난 수치다. 그리고 15의 스탯을 탐색 스킬에 쏟아부은 결과 이채림은 탐색 스킬을 상급 탐색 스킬로 업그레이드 할 수 있었다.

한편, 현석은 그러한 것과 보상의 배분 문제 등에 신경 쓸 겨를도 없이 걸음을 옮겼다. 목적지는 명훈이 실종된 진천산.

명훈이 마지막으로 있었다고 추정되는 그 장소다.

민서가 보조 필드를 펼쳤다.

이채림은 상급 탐색 스킬을 사용했다. 하지만 스킬 한 번에 모든 것이 전부 다 나타나지는 않는단다. 숙련도에 따라 몇 번이고 같은 장소를 계속해서 스캔해 봐야 한다고 한다. 그래도 가장 가능성이 높은 곳은 이명훈이 마지막에 있던 자리.

시간이 얼마나 흘렀을까. 이채림이 주먹을 불끈 쥐었다.

"찾았어요! 진짜로 던전이 있어!"

그 말이 끝나기도 전에 인하 길드원들은 알림음을 들을 수 있었다.

[히든 던전을 찾아냈습니다.]
[트랩 던전입니다. 탐색과 동시에 던전으로 입성합니다.]
[쉬운 업적으로 인정됩니다.]
[보너스 스탯이 +5 주어집니다.]

현석 일행은 그들의 의지와는 전혀 상관없이 던전에 들어와 버렸다. 현석은 곧바로 전투 필드를 펼쳤다. 상황 파악은 들어옴과 동시에 끝냈다.

'발견과 동시에 같은 필드에 들어와 있는 슬레이어들을 던전에 입성시키는 형태야. 의지와는 상관없이.'

이대로라면 좀 위험하다. 이런 형태의 던전이 많다면 이명훈 혼자 탐색을 보내지는 못 할 테니까.

'몬스터도 변화하고 던전도 계속해서 변화하고 있어.'

그러한 상황은 둘째 치고, 명훈을 빠르게 찾아내야만 했다. 종원도 마음이 급한 듯했다. 표정이 굉장히 초조해 보였다.

그런데 현석과 종원의 생각을 비웃기라도 하듯 이명훈이 여어~! 하고 손을 들어 올렸다. 옆의 보조 슬레이어로 보이는 남자와는 사뭇 다른 모습이었다. 그 남자는 거의 다 죽을상을 하고 있었는데 명훈의 표정은 평온하기 그지없었다.

"생각보다 좀 늦었네?"

"뭐야? 너 괜찮냐?"

"이런 씨팔!"

하종원이 소리쳤다. 약간 무덤덤한 현석, 명훈과 달리 종원은 거의 울 기세였다.

"미친놈아! 여기 있었으면 여기 있다고 전화를 해야지!"

"던전 안에서 무슨 전화여? 정신 나갔냐? 왜 이래? 저리 안 떨어지냐?"

한국 내 톱급 슬레이어 하종원은 울먹거리면서 이명훈을 껴안았다. 참고로 현재는 전투 필드가 펼쳐져 있는 상태였고 하종원의 힘이 워낙에 강했던지라 공격 의사가 없었음에도 불구하고 이명훈의 H/P가 약간 줄어들었다. 그에 평화가 한

숨을 쉬며 힐을 시전해 줬다. 아주 잠깐 이명훈의 H/P 감소 해프닝이 벌어진 이후 이명훈이 설명을 시작했다.

"아니, 뭐. 어차피 안전 구간도 있겠다, 식량과 식수도 충분히 챙겨왔겠다, 시간만 지나면 네가 찾으러 올 거라는 걸 알고 있는데 급할 거 있나? 그냥 탱자탱자 놀면서 탐색 스킬이나 반복 숙달하고 있었지."

확실히 이명훈이 괴짜는 괴짜였다. 난생 처음 보는 트랩 던전에 갇혀 나올 수도 없는 상황이었는데 맘 편하게 스킬 연습이나 하고 있었단다. 무제한적으로 긍정적인 건지, 정말로 괴짜인 건지는 모르겠다만 이명훈은 정말로 속 편한 소리만 해댔다.

하종원이 말했다.

"닥쳐, 이 피노키오 새끼야. 너 엄살도 안 부리고, 죽는소리 안 하는 거 보니까 솔직히 쫄았었잖아. 그것도 존나."

태평하고 평온한 얼굴로 말을 하던 이명훈이 흠칫했다. "저, 절대 아니야"라고 말은 하는데 목소리가 조금 떨렸다. 이러니저러니 해도 긴장을 하긴 했었던 듯했다.

"엄살쟁이 새끼가 엄살을 안 부리는 거 보니까 쫄았던 게 맞네."

"아니라니까!"

이명훈도 목소리를 높였다. 민서과 평화는 이 상황이 재미있는지 저도 모르게 조금 웃고 말았다. 던전의 난이도 자체는 그렇게 높지 않았다. 현석이야 무식하게 힘으로 함정들을 돌파할 수 있다지만 다른 이들은 아니었다. 하지만 다행히도 지금은 상급 탐색 스킬을 익힌 트랩퍼가 두 명이나 있었다.

트랩퍼들은 차근차근 함정을 분해해가면서—이것 역시 스킬이며 반복 숙달로 인정된단다—전진했고 약 8시간이 지난 후에 던전을 클리어할 수 있었다. 출몰하는 몬스터는 역시 싸이클롭스와 트롤들이었다.

던전의 몬스터들을 상대하면서 현석은 다시 한 번 확신을 얻었다.

'역시… 첫 번째로 나타났던 싸이클롭스가 비정상적으로 강했던 거였어.'

이제야 노멀 모드에 맞는 수준의 싸이클롭스가 나타난 거다. 인하 길드는 던전을 클리어했고 업적보상을 받을 수 있었다. 수확도 컸다. 옐로스톤 100개와 보너스 스탯 +5가 주어졌다. 이채림의 경우는 거북이 몬스터의 보상 15까지 해서 총 20스탯을 얻었다. 현석과 겨우 하루를 같이 지냈을 뿐인데 말이다.

이채림은 생각했다.

'이래서 최상위 급 슬레이어들이 현석 씨에게 잘 보이려고 안달이 났다는 거구나.'

그런 소문이 상위 급 슬레이어들 사이에 돌고 있었다. 채림은 그 이유를 오늘 분명히 알 수 있었다.

던전을 클리어하고 나왔을 때, 한국은 커다란 이슈로 들썩이고 있었다. 거북이 몬스터 슬레잉 사실도, 플래티넘 슬레이어가 포함된 파티의 8시간가량 실종도 아니었다.

성형에게 연락이 왔다.

—현석아.

"아, 예. 던전 안에 있느라고 전화를 못 받았네요. 아 참. 명훈이 구출했습니다."

성형은 흐음 역시, 하고 잠시 감탄했다. 그러고서 말을 이었다.

—그럴 것 같았다. 방금 나왔으면 모를 가능성이 높지만… 혹시 너도 소식 들었냐?

"무슨 소식이요?"

—보상 문제 말이야. 저번에 싸이클롭스 때도 그렇고, 이번 자이언트 터틀 때도 그렇고……. 보상 문제가 좀 크게 불거질 것 같다. 물론 그 폭풍의 중심은 너고.

*　　　　　*　　　　　*

문제 제기를 가장 먼저 한 사람은 바로 김연수였다.

예전에 싸이클롭스의 단체 슬레잉이 끝나고 나서 현석에게 찾아왔던 3명의 전위팀장들 중 한 명이며 현석이 제법 재미있다고 생각했던 슬레이어다. 덩치가 크고 험상궂지만 지나치게 순수하고 순박한 구석이 있었던 슬레이어였다. 얼굴을 잔뜩 붉히며 '마누라 시켜서……' 라고 변명하던 그 모습과는 별개로 그는 매우 뛰어난 슬레이어라고 할 수 있었다. 당시 전위팀의 팀장을 맡았을 정도면 한국 내에서는 거의 톱 수준의 실력을 갖고 있다고 봐도 무방했다.

순박한 구석이 있는 것과는 별개로 일정 부분에 있어서는 한 치의 타협도 하지 않는 부류인 것 같았다. 김연수는 절대 타협하지 않겠다는 듯 단호하게 주장했다.

"우리는 싸이클롭스를 슬레잉한 게 아닙니다. 플래티넘 슬레이어에게 보호받으며 슬레잉 흉내, 아니, 그의 슬레잉을 방해하고 있었을 뿐이죠. 그저 우리는 보호받았을 뿐입니다."

최상위 급 슬레이어들은 이미 암묵적으로 알고 있었다. 그때, 현석을 제외한 다른 인물들은 슬레잉에 전혀 도움을 주지 못했다. 오히려 플래티넘 슬레이어가 자신들을 보호하기 위해 전위팀을 자청하지 않았던가. 79인의 각오는 비장했고 용기 또한 대단했다. 그것마저 폄하하지는 못할 노릇이지만 사실상 결과가 그랬다.

"그럼에도 불구하고 우리는 불가능 업적 포인트를 무려 30포인트나 얻었을 뿐더러 염치없게도 레드스톤의 지분까지 1/N로 나누게 되었습니다. 이건 아니라고 생각합니다. 오히려 고맙다고 우리가 플래티넘 슬레이어에게 보상금이라도 줘야 한다고 생각합니다."

그의 주장은 슬레이어의 세계에 큰 바람을 불어왔다. 안 그래도 슬레잉 시 발생하는 보상 문제에 있어서 1/N은 너무 불합리한 것이 아니냐는 말이 많이 나오고 있었다. 실제로 어떤 길드의 경우는 보상분배에 관한 것을 보다 체계적으로—이를테면 퍼센티지로—나누어 길드원들 간 소득을 분배하고 있기도 했다.

그런데 그걸 공론화시킨 것이 김연수인 셈이었다. 김연수는 이미 전국에서 알아주는 방어형 슬레이어였다. 그런 그가 대놓고 주장하고 나오니 슬레이어계에도 폭풍이 불어 닥친 것이다.

"최근 노멀 던전의 경우 파티 시스템이 활성화되었고 그에 따라 기여도에 따른 업적과 보상 차등 분배가 이루어지고 있습니다. 우리도 그래야 한다고 생각합니다. 적어도 저번 싸이클롭스에게서 나온 레드스톤의 경우는 무조건 플래티넘 슬레이어에게 양보해야 한다고 생각합니다. 그건 저희 것이 아닙니다. 앞서 언급했듯, 우리는 그에게 생명을 보호받은 대가를 지불해야 합니다."

그의 주장은 여론을 뜨겁게 달구었다. 레드스톤이 어디 한두 푼 하는 물건이던가. 일단 정부에서 가장 먼저 제시했던 금액이 100억 원이었다. 아직까지도 그 정확한 가치가 결정되지 않았다. 그러나 최소한 150억 이상—처음에는 최소 130억 이상이란 말이 있었지만 그새 더 올랐다—에 거래될 거라는 전망이 지배적이었다.

거의 1인당 2억에 가까운 큰돈이다. 평범한 사람들은 물론이고 어지간한 부자들에게도 2억은 결코 적지 않은 금액이다. 인터넷상에서도 관련 기사에 댓글이 쉴 새 없이 달렸다.

—보상의 차등 분배는 합리적인 문제.

플래티넘 슬레이어의 무력은 이미 의심할 여지가 없다. 불가능 업적에 해당하는 싸이클롭스를 솔로잉했고 그걸 일본 유니온이 공증했다. 하종원을 퍼펙트로 이겨버린 신인 슬레이어를 또다시 퍼펙트로 꺾었다. 몬스터 슬레잉에도, 대인전에도 모두 월등한 기량을 갖고 있는 사람이 바로 플래티넘 슬레이어였다. 그가 없었다면 싸이클롭스 슬레잉 때, 모두가 죽었을 지도 모를 일이다. 그건 거의 확실했다. 최상위 급 슬레이어 140여 명이 도륙당했던 일본의 경우를 살펴보면 말이다.

80인의 슬레이어 중 약 70여 명이 김연수의 주장에 동의했다. 싸이클롭스에 도전했던 80인은 최상위 급 슬레이어들이다. 그리고 그들은 플래티넘 슬레이어가 가지는 가치를 잘 알고 있고 플래티넘 슬레이어와 척을 지는 것을 원치 않아했다. 고작(?) 2억 원에 말이다. 2억 원이 물론 결코 적은 돈은 아니지만 그렇다고 또 최상위 급 슬레이어들에게 그렇게까지 큰돈도 아니었다.

〈최상위 급 슬레이어 70여 명. 김연수의 주장에 동의!〉
〈레드스톤의 지분. 플래티넘 슬레이어에게 양도하기로.〉

현석은 나름대로 고민에 빠졌다. 150억 원은 물론, 일반인들이 보기에 헉 소리가 날만큼 커다란 금액인 것은 틀림없지만 현석에게는 아니었다. 바로 몇 시간 전에 던전 클리어 보상으로 나온 옐로스톤만 팔아도 200억은 우습게 나온다.
'이걸 받아들이는 게 나은가?'
얼마 지나지 않아 현석은 결정을 내릴 수 있었다.

*   *   *

사람들은 플래티넘 슬레이어의 업적에 놀라워하는 한편, 이번 결정에 환호하며 또 열광하기까지 했다.

〈플래티넘 슬레이어. 슬레이어들의 제안을 받아들이기로

결정!〉

〈70인의 지분. 플래티넘 슬레이어에게 양도.〉

〈플래티넘 슬레이어. 그 모든 지분을 사회에 기부하겠다고 밝혀!〉

〈한국 슬레이어들에게서 불어오는 훈훈한 바람!〉

플래티넘 슬레이어가 레드스톤 지분에 관한 결정을 내렸다. 한국 유니온 측에서 대리 발표를 해줬다. 레드스톤의 가격이 확정되는 대로 정부로부터 그 금액을 받아 사회에 환원하겠다고 했다. 정확한 내역까지는 발표되지 않았지만 일부는 슬레이어들을 지원하는 데에 쓰이고 일부는 보육원과 학교 등에 지원이 될 거란다.

기사가 속속들이 사회, 경제면을 가득 채웠다.

〈슬레이어들의 리더. 최상위 급 슬레이어들로부터 1/N 관행이 깨지다!〉

〈향후 보상 문제는 과연 어떻게 되는 것인가!〉

〈㈜소리, 기여도 파악 기기를 시중에 출시. 불티나게 팔려!〉

현석의 결정으로 인해 슬레이어계에 새바람이 불었다. 현석이 의도한 것은 아니지만 보상 문제가 1/N에서 기여도에 따른 차등 분배 방식으로 바뀌게 되는 추세다. 그 기여도라는 것이 정확하게 파악할 수 있는 것이 아니어서 논란의 여지가 있기는 했지만 말이다.

민서는 조금 감탄한 듯한 얼굴로 현석을 올려다봤다.

"와… 오빠 결정 하나에 이게 막 이렇게 바뀌고 저렇게 바뀌고 막 그래."

"그러게."

"이런 것까지 다 예상한 거야?"

"음… 어느 정도는?"

어느 정도 예상은 했다.

"오빠, 이렇게 바뀐 게 오빠한텐 무조건 좋은 거네?"

"그렇다고 할 수 있지."

"근데 오빠한테 양도 안 하겠다는 그 10명은 뭐야? 재수 없어!"

"사람한테는 다 각자의 사정이 있는 거니까."

현석은 피식 웃었다. 어차피 그 돈이 그렇게 큰돈도 아니고 그것 하나하나에 그렇게 크게 구애받고 싶지 않았다. 제 몫도 제대로 못 찾아먹는다는 비아냥거림도 있기는 했지만 현석은 그런 비아냥거림을 볼 때마다 피식피식 웃곤 했다.

최소 150억 원 이상의 가치라지만 현석에게 있어서 그렇게 큰돈이 아니다. 그 정도의 돈을 지불하고서 대중들의 인망과

신뢰를 얻었다. 뿐만 아니라 최상위 급 슬레이어들도 현석의 결정에 놀라워하며 지지하고 있는 상황이다. 원래 내 것이라 기대하지 않고 있던 150억으로 이러한 신뢰도를 이끌어냈다면 충분히 싸게 먹힌 거다.

민서는 현석에게 비우호적인 인터넷 댓글을 하나하나 찾아다니면서 '아무것도 모르는 나쁜 사람들! 미워할 거다!'라고 댓글을 남기고 있지만—물론 현석 몰래다—현석은 그렇지 않았다. 그리고 헛된 곳에 돈을 홍청망청 쓰는 것도 아니고 슬레이어들을 보조해 주고 자라나는 학생들을 위해 사용하겠다는 거다. 그는 성인군자가 아니었고 무한정 착한 사람도 아니었지만 그래도 여기저기서 들려오는 칭찬소리를 듣고 있노라니.

'이 기분… 제법 괜찮네.'

적어도 기분이 나쁘진 않았다. 이래서 사람들이 명예, 명예 하는 건가 싶기도 할 정도다.

그때, 초인종 소리가 울렸다. 민서가 쪼르르 달려 나가 확인해 보니 김연수였다. 현석도 일어서서 그를 맞았다.

"아… 김연수 씨군요."

현석을 찾아온 김연수는 대뜸 사과부터 했다. 진작에 일이 이렇게 되었어야 했는데 얼른 바로잡지 못해서 죄송하다고 말했는데 그 기세가 자못 씩씩했다.

얼마간 얘기를 나누다가 현석이.

"이번에도 아내 분께서 시키신 겁니까?"

하고 물었다. 그러자 김연수의 얼굴이 흙빛으로 변했다. 공포에 질린 듯한 얼굴이었는데,

"덕분에 이번에 이혼당할 뻔했습니다."

하고 금세 풀이 죽어버렸다. 덩치 크고 험상궂은 사내가 어깨를 축 늘어뜨리고 있는 폼이 안돼보였는지 민서의 표정도 덩달아 시무룩해졌다. 심지어 김연수는 거의 울먹거리기까지 했다. 실제로 눈물을 흘린 건 아니었으나 거의 그럴 뻔했다.

"2억 원을 내다버렸다고……."

"아… 그게 또 그렇게 되는군요."

김연수는 아주 작게, "무서웠어……" 하고 혼잣말로 중얼거렸다.

아무래도 김연수는 굉장히 뛰어난 방어형 슬레이어임에는 틀림없지만 아내에게는 잡혀 사는 것처럼 보였다. 아내의 입장에서야 가만히 있으면 알아서 들어왔을 최소 2억 원을 길바닥에 내버린 꼴이 되었으니 열이 받을 만도 했다.

현석이 말했다.

"아내분이… 이해는 되네요. 살림살이를 책임지시는 입장이니……."

연수가 고개를 떨구고 대답했다.

"예… 그렇게 말씀해 주시니 감사합니다. 그리고 죄송합니

다. 사실 현석 씨는 제 은인이나 다름없는데……."

그런데 그때, 명훈으로부터 전화가 왔다. 양해를 구하고서 전화를 받았는데 새로운 던전을 발견했단다. 저번에 던전에 갇히고 나서도 그새 또 던전을 찾아나선 모양이었다. 확실히 괴짜는 괴짜였다.

현석이 말했다.

"저… 보상이라고 하기엔 좀 그렇지만… 이번 슬레잉에 함께 참여하실래요?"

싸이클롭스와는 다르다. 명훈의 탐색수준으로 찾을 수 있는 던전의 경우, 현석에게 있어서 그리 큰 위협이 되지 않는다. 싸이클롭스처럼 어마어마한 개체여서 다른 슬레이어들을 보호해야 하는 상황이면 솔로잉이 낫지만 노멀 모드에 맞는 수준의 던전인 경우라면 여러 명이 낫다.

더군다나 김연수는 최상급의 방어형 슬레이어. 평화와 민서의 안전을 보다 더 확실하게 책임져 줄 수 있을 터였다.

"저, 정말이요?"

김연수가 고개를 번쩍 들어 올렸다. 그랬더니 돌연 비장한 표정을 지었다.

"보상은 무조건 다 양도하겠습니다. 기여도도 중요하지 않아요. 그저 플래티넘 슬레이어가 어떻게 슬레잉하는지, 던전을 어떻게 클리어하는지 한 번 견식해 보는 걸로 족합니다."

그 말은 진심처럼 보였다. 입을 꽉 앙다물었는데 보상에는 일절 관심이 없는 것처럼 보였다. 이런 문제에 있어선 확고한 고집이 있는 것처럼 보였다.

'이러니 아내한테 바가지를 긁히지.'

현석은 피식 웃고 말았다. 뭐든지 무임승차는 나쁜 것이며 남에게 피해를 주는 삶은 절대로 살고 싶지 않다며 열변을 토하는데 아까의 그 순박한 모습은 어디로 사라지고 열혈청년만 남아 있었다.

며칠이 흘렀다. 예전 약속대로 방어형 슬레이어 김연수는 현석의 길드와 동행하게 됐다.

그리고 또다시 12일 뒤. 뉴스에 인하 길드에 관한 기사가 도배됐다.

〈한국 유니온의 2인자 하종원이 속한 인하 길드원. 전원 실종!〉

〈소수 엘리트의 인하 길드. 그들은 도대체 어디에 있는가!〉

〈하종원의 실종에, 한국 유니온. 비상!〉

CHAPTER 2

현석은 새로운 사실을 알게 됐다.

'새로운 타입의 던전이 계속 나타날 거라고 예상은 했지만… 또 새로운 타입이라니. 아직 하드 모드에 들어선 것도 아닌데 말이야.'

현석과 함께한 덕분에 탐색 스킬을 빠르게 올릴 수 있었던 명훈은 히든 던전을 또 찾아냈고 이번에 찾은 던전은 또 새로운 타입의 던전이었다. 결국 선순환이 반복되는 구조다. 강하고 능력 있는 슬레이어는 점점 더 빠르게 강해지고 약한 슬레이어는 점점 더 도태되고. 사실상 수사슴 몬스터만 잡아도 먹고 사는 데에 크게 지장이 없다는 걸 감안하면 약한 슬레이어라 할지라도 밥벌이 할 수는 있다고 하지만 예전 현석이 처음에 했던 걱정. 그러니까 슬레이어계에서도 빈익빈 부익부가 점점 커질 거라는 그 걱정이 실제로 일어나고 있는 추세였다.

물론 여기서 부익부에 속하는 사람은 현석을 비롯한 인하 길드의 길드원이라고 할 수 있겠다. 그것도 '최상위 급 부'에 속하는 부류였다.

[수련 던전에 입성하시겠습니까? Y/N]

라는 알림음을 들었을 때에 수련 던전이 뭔가 싶었다. 견습 던전이 있었고 노멀 던전이 있었다. 노멀 던전의 종류에는 또 히든 던전도 포함되어 있었다. 그런데 이번에는 수련 던전이란다. 뭔가 어려운 이름은 아니었다. 튜토리얼이나 이지 모드에 있을 법한 이름이었는데 뭔가 했더니 말 그대로 수련을 하기에 최적화된 곳이라 할 수 있었다.

회복 구간에서는 H/P와 M/P가 굉장히 빠르게 차는데, 이 던전은 모든 구역이 바로 회복 구간이라 할 수 있었다. 몬스터도 없었다. 그렇다 보니 스킬을 더 빨리, 그리고 더 많이 펼칠 수 있다는 장점이 있었다. 몬스터가 없는데 어디에 스킬을 펼치느냐 묻는다면,

"또 생겼어. 이놈은 도대체 언제 없어지냐?"

종원의 눈앞에 나타난 석판이 바로 그 스킬이 펼쳐지는 대상이었다. 명훈이 낄낄대고 웃었다.

"구시렁대지 마라. 여기만큼 빠르게 스킬 레벨이 오르는 곳이 또 어디 있겠냐?"

"그래도 벌써 10일이 지났어. 아니다, 한 2주 정도는 된 것 같다. 날짜 개념도 사라지겠네."

홍세영이 옆에서 바로잡아 주었다.

"정확히 12일."

민서도 긍정적인 표정으로, 이마의 땀을 닦아내며 말했다.

"반복 숙달로 인한 스킬 레벨을 도합 20올리는 게 클리어 조건이라며. 우리 모두 화이팅해요."

종원은 인상을 잔뜩 찌푸렸다. 그에 반해 평화는 조용히 수련에 집중하고 있었다. 평화는 현재 상급 Ratio Heal과 상급 힐을 동시에 구사하고 있다. 현석의 도움 덕분에 아마도 그다음 상위 급의 힐로 업그레이드될 것 같기는 한데 아직 확실한 건 아니었다. 현재 평화가 반복하여 중점적으로 올리고 있는 것이 바로 이 Ratio Heal이었다.

'어차피 내가 익히는 상급힐은 오빠한테 도움이 안 돼.'

그녀가 Ratio Heal을 익히는 이유였다. 앞서 설명했듯 Ratio Heal은 굉장히 불합리한 힐이다. 일반적인 슬레잉에 있어서 H/P가 30프로 이하로 떨어지는 일은 거의 없다. 예전 싸이클롭스 슬레잉 때를 제외하면 없다고 해도 과언이 아니었다. 보편적으로 H/P가 깎이지 않는 것을 전제로 슬레잉을 진행하고 있는 상황이니까.

결국 그녀는 최상급 Ratio Heal을 얻어내는데 성공했다. 최상급 Ratio Heal의 경우 0에서 40프로까지가 아니라 0프로에서 45프로로 채워준다.

'내 일차 목표는 그린 등급의 Ratio Heal을 얻는 거야.'

현석의 말에 따르면 상급힐까지는 이지 모드 규격의 힐이라고 했다. 그렇다면 상급힐과 비견되는 상급 Ratio Heal도 이지 모드 규격의 힐일 가능성이 높았다.

최상급 Ratio Heal을 넘어 그린 등급의 Ratio Heal을 얻게 되면 현석에게 도움이 될 거라고 생각했다. 일반 슬레이어들도 그렇지만, 현석은 H/P가 깎일 일이 더더욱 없다. 만약 깎인다고 한다면 그야말로 굉장히 위험한 상황이라는 뜻이다. 현석 외에는 누구도 손 쓸 수 없는 그런 상황 말이다. 그리고 어차피 평상시에는 평화가 있을 필요가 없다. 위험한 상황에 대비하기 위해 평화가 있는 거다. 그러한 상황에서—H/P 손실이 굉장히 클 거라 예상되는 위험한 상황—Ratio Heal은 현석에게 당연히 큰 도움이 될 수밖에 없다.

석판의 H/P가 급속도로 감소했다. 평화가 열심히 힐을 쏟아 부었다.

민서의 경우는 보조 슬레이어다. 그런데 노멀 모드에 접어들면서 버프 스킬에 주력하기 시작했다. 다른 사람들은 전부 다 조금씩은 투자하는 전투 필드와 회복 필드에는 이제 눈길도 안 준다.

'어차피 전투 필드와 회복 필드는 오빠가 얼마든지 펼칠 수 있어. 차라리 그 외적인 부분으로 도움을 주는 것이 좋아.'

특히나 그녀가 눈독 들이는 스킬은 평화의 경우와 마찬가지로 'Ratio'의 이름이 붙은 스킬들이었다. 'Ratio'가 붙으면 능력치를 비율로 따져 올려준다.

현재 민서가 가진 스킬의 능력으로는 고작해야 0.5퍼센트의 증가 효과가 있을 뿐이었다. 따라서 민서가 아닌 다른 버퍼들은 'Ratio' 계열의 스킬을 올리지 않는다. 1,000의 능력을 가진 슬레이어에게 0.5퍼센트만큼의 버프를 넣는다면 겨우 5의 증가가 있을 뿐이다. 공격력 5,000을 가진 슬레이어에게 0.1퍼센트의 공격력 증가버프를 넣으면 고작 25가 올라가는 거다. 있으나 마나한 스킬이고 현재로써는 그 누구도 투자하지 않는 스킬이기도 했다. 다들, 아주 먼 미래에 큰 도움이 될 수도 있다고는 하지만 지금 당장 돈이 안 되고 쓸모가 없는 스킬인데 누가 올리려고 하겠는가.

'하지만 오빠한테라면 얘기가 달라져.'

그러나 1,000이 아니라 그 수치가 10만에 이르면 얘기가 달라진다. 이때엔 5가 아니라 500의 증가가 이루어진다. 500은 결코 적은 수치가 아니다. 최상위 급 슬레이어들의 공격력을 5천이라 가정한다면 그 1/10에 해당하는 수치였으니까.

'분명 비율이 높아질 거야.'

그리고 지금 당장은 0.5퍼센트지만 이것이 1퍼센트가 되고 2퍼센트가 되고, 하다못해 5퍼센트만 되어도 그 증가량은 어마어마하게 커진다. 그리고 현석의 능력은 시간이 지나면 지날수록 기하급수적으로 높아질 거다. 현석의 말을 빌리자면 스탯 100일 때 관련 능력치가 100퍼센트, 200일 때 200퍼센트, 300일 때 300퍼센트의 능력치 증가가 있을 거라고 한다. 그렇다면 10만이 아니라 수십만이 되는 것도 시간문제일 터.

'어차피 지금 당장은 내가 오빠한테 도움이 될 수 없어. 차라리 스킬을 열심히 익혀서 비율을 높이는 데에 집중할 때야.'

그렇다면 평화와 마찬가지로 'Ratio' 계열의 버프를 익힌다면, 미래에는 현석에게 큰 도움이 될 거라는 생각이었다.

한편, 자신을 히든 클래스라 밝힌 홍세영의 경우는 조금 특이한 스킬을 연마했다. 현석과의 PvP 때 사용했던 스킬이었다. 나중에 같은 길드원이 되고 나서 들어보니 그림자를 활용한 암습 스킬이란다.

그녀는 겉보기로는 교란형 슬레이어였지만 하나하나 따지

고 보면 하종원과 같은 한 방 슬레이어에 가까웠다. 하종원처럼 묵직한 대미지는 아니었지만 방어력을 무시하는 독을 기반으로 하여, 기습을 하되 치명적인 급소를 노려 크리티컬 샷을 이끌어내는 한 방 슬레이어였다. 하종원과는 다른 개념의 한 방 슬레이어말이다. 물론 교란형 슬레이어로서도 얼마든지 활약이 가능하다는 점에 있어서 멀티 클래스라고 불러도 손색 없기는 했다.

홍세영은 자신의 위치를 정확히 파악했다.

'인하 길드 내에서 나는 교란형 슬레이어를 맡아야 해. 그러다가 중요한 순간에 한 방을 꽂아 넣으려면……. 이 그림자 기습을 연마하는 수밖에 없어.'

이명훈의 경우는 열심히 탐색 스킬을 연마하는 중이었다. 이 던전에서 그가 가장 먼저 성과를 얻어냈는데 바로 '최상급 탐색'을 얻어냈다는 거다. 인하 길드에 있어서 현재 명훈의 위치는 굉장히 독특했다. 스스로 한 몸을 지킬 정도의 무력을 갖췄으되 가장 쉽게 업적을 쌓을 수 있도록—업적 자체가 일단 어려운 거긴 하지만 현석의 기준으로—해주는, '던전'을 탐색할 수 있는 슬레이어. 독특하다기보다는 중요한 위치라고 할 수도 있었다.

아직까지 탐색 스킬 스킬북은 시중에 풀리지 않았다. 아니, 사실상 풀리지 않은 스킬북이 풀린 스킬북의 종류보다 훨씬 많다. 이지 모드 때에 비해서, 노멀 모드로 넘어오면서 스킬북 얻기가 더욱 힘들어졌다. 그나마 보조 및 회복 슬레이어의 스킬북은 어디까지나 상대적으로 조금 더 잘 드롭되는 편이었는데 전투 슬레이어의 스킬은 물론이고 트랩퍼의 스킬은 아예 발견된 물량 자체가 단 하나도 없었다.

그런 의미에서 현석은 적어도 명훈만큼은 대놓고 밀어줘야 한다는 뜻이다. 명훈 외에는 명훈의 역할을 대체할 수 있는 사람이 없으니까. 다행히 명훈은 그런 위치를 이용하려 들지는 않았다. 그는 정말 순수하게 던전을 찾는 것에 보람을 느끼는 것 같았다.

마지막으로 연수의 경우는 횡재를 만난 기분이었다. 스킬 레벨을 빠르게 올려주는 던전이라니. 그는 탱커. 즉, 방어형 슬레이어의 역할을 맡고 있다. 싸이클롭스 슬레잉시 전위팀의 팀장을 맡았을 정도면 그 능력은 어느 정도 보장된 거라고 할 수 있겠다. 석판은, 현석이 상대했었던 자이언트 터틀이 내뱉는 것과 비슷한 녹색 액체를 계속해서 내뿜었고 연수는 방어 스킬을 사용해 그 액체를 막아내는 연습을 했다.

현석의 경우는, 어떤 스킬에 집중 투자할 수 있는 상황은 아니었다. 애초에 그는 스킬 레벨이 워낙에 높아서 반복 숙달로 인해 레벨업이 잘 되질 않는다. 스탯으로 인해 스킬 레벨이 증가하는 스킬. 그러니까 전투 필드나 회복 필드 같은 스킬은 반복 숙달로는 이제 레벨 업하기가 힘든 경지에 이르렀다. 다만 그가 연습할 수 있는 스킬은 'Power Control'이었다. 석판의 반탄력이 그리 강하지 않아 'Impact Control'은 올리기 힘들었다.

'그래도 이만하면 만족이야.'

공격력을 50퍼센트만큼 감소시키는 것이 가능해졌다. 스킬 업이 될 때마다 (−)방향으로는 그 변화폭이 컸다.

그리고 고무적인 것은 공격력을 2퍼센트 증가시킬 수 있게 됐다는 거다. 민서의 생각대로 현석에게 있어서 절대치가 높은 'Ratio' 계열의 스킬은 굉장히 도움이 많이 된다.

어쨌든 약 2주의 시간이 흘렀다. 그 시간 동안 노가다만 했으니 슬슬 질릴 법도 했다.

[던전 클리어 조건을 완수하였습니다.]

조건을 완수했다. 그러자 새로운 알림음이 들려왔다.

[보스 몬스터가 생성됩니다.]
[최초의 던전 보스 몬스터를 발견했습니다.]
[쉬운 업적으로 인정됩니다.]

인하 길드는 최초의 히든 던전을 발견했고 또 최초의 수련 던전을 발견했다. 심지어 이번엔 최초의 던전 보스 몬스터를 발견했단다. 쉬운 업적으로 인정되었고 보너스 스탯을 3만큼 받았다.

'던전 내에서 보스 몬스터가 생성될 거라는 건 예상했지만……'

그래도 그게 오늘일 줄은 몰랐다. 노멀 모드가 여태껏 진행되었음에도 불구하고 아직까지 던전의 보스 몬스터는 등장하지 않았었다. 온라인 게임을 비추어 생각해 본다면 던전의 보스 몬스터는 솔로잉이 불가능한, 다수의 유저들이 둘러싸고 레이드를 해야만 하는 그런 형태일 것이다.

현석에게 반가운 알림음이 들려왔다.

[노멀 모드의 규격을 초과한 스탯으로 인한 페널티로 보스 몬스터의 능력치가 30퍼센트 증가합니다.]
[페널티로 인해 보스 몬스터의 특수 스킬 사용 제한이 풀립니다.]

공터에 모습을 드러낸 건 자이언트 터틀이었다. 다만 그 크기는 경인고속도로에 출몰했던 터틀보다는 작았다. 높이는 약 2미터 몸통의 길이는 약 5미터쯤 되어 보였다.

현석은 사실상 조금 안심했다. 싸이클롭스의 경우에 비추어 생각해 보면 크기와 난도가 어떻게 되든 몬스터의 종류가 같다면 기본적인 습성은 비슷했으니까. 등껍질이 온전하게 남아 있는 지금은 딱히 위험한 수준이 아닐 거다.

그런데…….

[보스 몬스터의 특수 스킬 사용의 제한이 풀립니다.]

라는 알림음을 너무 쉽게 생각했다. 그동안 '노멀 모드 규격을 초과한 스탯으로 인한 페널티로 몬스터가 난폭해집니다' 와 같은 알림음을 너무 많이 들어왔었다. 그 때문에 약간 방심한 것이다. 아무리 안전을 중요시하는 사람이어도 익숙한 일에는 무뎌지게 마련이다.

아주 잠깐 방심한 사이 축소판 자이언트 터틀의 공격이 시작됐다. 등껍질이 남아 있음에도 불구하고 또 아주 느릿해 보이는 것과는 별개로 터틀의 입에서 분사되는 초록색 액체는 분명 위험한 것이었다.

종원이 소리쳤다.

"씨팔! 아직 등껍질이 남아 있잖아!"

저 초록색 액체에 자이언트 터틀을 슬레잉하던 슬레이어 40여 명이 순식간에 죽었었다. 지금은 보스 몬스터 보정까지

받고 있으니 그 파괴력이 더 강할 것이 분명했다. 심지어 30퍼센트의 능력치 증가도 있었다. 필드에서 자이언트 터틀의 산성액체의 대미지를 피부에 직접 접촉했을 때에 1만으로 추산했었다. 지금 상황에서 저 공격을 직접 피부에 맞게 되면 최소 1만 이상의 대미지를 입는다는 소리다. 현석도 외마디 비명을 질렀다.

"미친!"

현석 본인은 별로 위험하지 않다. 맞아도 괜찮았다. 사실상 종원 정도만 되어도, 한두 방 정도는 크게 위험할 거라고는 생각하지 않았다.

피부에 직접 접촉되었을 때에 큰 피해를 입는다는 사실은 이미 알고 있을 테고 그렇다면 방패라도 꺼내들 거다. 아이템을 못 드는 현석과는 달리, 전투 슬레이어라면 기본적인 아이템들은 인벤토리에 넣어놓고 다니니까 말이다. 그건 명훈도 마찬가지였다. 홍세영이야 피하면 되는 문제고.

그러나 문제는 뒤에 있는 민서와 평화였다. 자이언트 터틀의 기습적인 공격에 현석의 능력이라면 민서와 평화, 둘 중에 한 명은 보호할 수 있었다. 그런데 그 말을 달리하면 둘 중 한 명은 포기해야만 한다는 뜻이다. 순간의 방심이 위험한 상황을 불러왔다.

'제기랄!'

거기다 더 큰 문제는 자이언트 터틀이 계속해서 녹색 액체를 사방팔방으로 뿜어대고 있다는 것.

'젠장!'

눈앞에 두 여자가 보였다. 강평화와 유민서. 한 명은, 몇 년 만에 처음으로 설렘을 느끼게 해준 여자고 또 한 명은 사랑해 마지 않는 동생이다.

지금 이 잠깐, 이 찰나의 순간이 굉장히 길게 느껴졌다. 그래도 결정은 빨라야만 했다. 우물쭈물하다가는 아무도 못 구하는 최악의 경우까지 발생할 수도 있다. 마음속 갈등의 깊이는 깊었지만 시간은 짧았다. 그 짧은 순간에 결정을 내렸다.

*   *   *

현석이 몸을 던졌다. 몸을 던져서 보호할 수 있는 건 한 명뿐이다.

그가 몸을 던진 방향은 민서 쪽. 사실상 이성으로 이것저것 따지고 잴 시간은 없었다. 머리로 뭔가를 생각한 것이 아니라 저절로 몸이 움직여 버린 거다. 민서 앞을 막아섰을 때 현석은 자이언트 터틀이 내뱉은 녹색 액체를 그대로 뒤집어썼고 대미지를 입었다. 물론 대미지 수치는 0이지만 민서가 맞았더라면 충분히 위험하고도 남을 공격이었다.

예상외로, 보스 몹 보정을 받고 있음에도 불구하고 이 자이언트 터틀은 필드의 자이언트 터틀보다는 약한 듯했다. 직접 몸으로 맞아본 하종원의 말을 빌리자면 대략적인 공격력 수치가 5,000~6,000가량 된단다.

민서나 평화는 맞자마자 즉사할 수도 있는 그런 공격이었다. 현석은 다급히 옆을 쳐다봤다.

'젠장… 평화는!'

민서를 살려냈다는 안도감과 동시에 찾아든 것은 평화에 대한 걱정이었다.

프스스─!

연기 비슷한 것이 피어올랐다. 노멀 모드에 접어들면서 H/P 감소 외에 다른 현상이 발생하지 않는다는 점에 있어서, 이것은 상당히 주목할 만한 것이었다. 방패와 액체가 부딪쳐 연기가 발생한다는 것은 뭔지는 몰라도 뭔가가 일어나고 있다는 뜻이니까.

강평화의 앞을 막아선 연수가 외쳤다.

"강평화 씨! 뒤로 더 계속 물러서세요!"

평화는 너무나 당황한 나머지 연수의 말을 제대로 듣지 못했다. 연수는 평화의 허리를 감아 잡고서 껑충 뛰었다. 홍세영만큼은 아니지만 최상위 급 슬레이어답게 몸놀림이 제법 기민했다.

"연기 역시 하나의 분산 공격입니다."

연수가 방패를 고쳐 쥐며 앞으로 나섰다. 평소의 어리숙하고 순박한 김연수는 어디론가 사라져 버렸다. 지금은 탱커의 역할을 충실히 하는 최상위 급 슬레이어 김연수만이 이곳에 남아 있을 뿐이었다.

연기 역시 대미지를 입힌단다. 원래 노멀 모드 내에서의 외적 작용은 H/P 감소만 존재한다. 그러한 가운데 산화되어 연기가 발생한다는 건 진짜 산화가 아니라는 뜻이다.

연기 역시 하나의 공격이었다. 대미지는 산성액보다 훨씬 약했으나 강평화나 유민서에게는 충분히 위협이 될 수 있는 수준이었다.

민서를 구해냈다는 안도감, 평화에 대한 미안함, 그리고 평화도 무사하다는 것에서 오는 커다란 안도감을 뒤로 하고서 현석은 몸을 재빨리 움직였다. 방금 전 느꼈던 복잡한 모든 감정들 이후에 찾아온 것은 커다란 분노였다.

방금 공격은 정말로 위험했다.

'이 개 같은 새끼가!'

상황 파악은 빠르면 빠를수록 좋다. 현석은 민서를 구해냈고 연수가 평화를 구해냈다. 그 외 나머지 인원들은 스스로의 몸은 스스로가 지킬 수 있는 슬레이어들이었다. 평화 역시 그간의 경험을 증명하기라도 하듯 H/P가 가장 많이 떨어진 길드원들부터 빠르게 힐을 시전해 주고 있었고 민서 역시 그녀가 할 수 있는 버프를 세영과 종원, 그리고 연수 위주로 펼치는 중이었다.

자이언트 터틀의 산성액 분사 공격은 약간의 딜레이가 있는 것 같았다. 그리고 그 짧은 사이 현석이 자이언트 터틀의 바로 앞에 도달했다.

현석이 주먹을 불끈 쥐었다.

'약점은 그때와 동일할 것이 분명해.'

현석이 자인언트 터틀의 등껍질을 향해 높이 뛰어올랐다. 높이가 3미터가 넘었건만 마치 문지방이라도 넘듯 가벼운 몸놀림이었다. 현석이 외쳤다.

"김연수씨! 종원아! 민서와 평화를 보호하세요!"

아주 잠깐 숨을 골랐다. 분노 때문에, 풀스윙으로 주먹질을 할 뻔한 것을 가까스로 멈춘 거다.

연수와 종원은 현석의 말을 듣자마자 빠르게 움직였다.

그들 역시 최상위 급 슬레이어다. 상황 판단 능력이 뒤떨어질 리 없다.

자이언트 터틀은 등껍질이 깨지면 순식간에 난폭하게 변화하는 습성을 가지고 있다. 지금이야 산성 독 공격만 하고 있지만 등껍질이 깨지면 움직임이 빨라지고 꼬리와 네 발로도 공격한다.

등껍질이 없는 자이언트 터틀은 제법 기민한 움직임을 보이는 몬스터다. 저번에 40여 명의 슬레이어가 사망하지 않았던가.

홍세영이 앞으로 나섰다. 지금 현석이 하려는 게 무엇인지 알고 있다. 약점을 공격하여 실드를 깨부수려고 하고 있는 중이다.

'그렇다면 내가 할 일은……!'

등껍질이 깨지는 바로 그 순간, 자이언트 터틀이 난폭해지는 그 짧은 순간에 터틀을 교란시켜야만 한다. 다시 말해 어그로를 이쪽으로 끌어와서 저 뒤쪽에 방어력이 뒤떨어지는 보조 슬레이어와 회복 슬레이어에게 공격이 가지 않도록 만들어야 한다.

'딱 2초, 아니, 1초만 시선을 붙들면 돼!'

그 이후에는 플래티넘 슬레이어이자 자신을 퍼펙트로 꺾어버린 유현석이 알아서 할 거라는 판단을 내렸다. 1초만 시선을 잡아끌면, 등껍질을 부수느라 아주 잠깐 자세가 흐트러질 현석이 다시금 자이언트 터틀을 공격할 수 있을 것이다.

'딱 1초다! 내 몫을 하는 거야!'

자이언트 터틀을 공격하면서 현석은 다시금 상황을 파악했다. 종원과 연수는 민서와 평화를 보호할 자세를 갖추고 대기 중이고 명훈 역시 자리를 잡고 있는 상태다. 그리고 홍세영이 출수를 준비하고 있는 모습이 보였다.

'침착하자. 침착하자. 침착하자.'

순간의 분노를 가까스로 억눌렀다. 최대한 이성적으로 접근했다. 혹시라도 다른 슬레이어들이 준비를 끝내기 전에 실드가 깨지고 터틀이 난폭해지면 무슨 일이 벌어질지 모른다. 물론 현석이 있는 이상에야 위험한 상황이 벌어질 확률은 그리 높지 않겠지만 그래도 사람의 목숨이 걸린 일인 이상 최대한 안전하게 가는 것이 좋다.

'좋았어. 홍세영도 교란 준비를 마쳤어.'

싸이클롭스같이 규격을 지나치게 초과한 버그 급 몬스터를 슬레잉할 때에 있어서 다른 슬레이어의 존재는 현석에게 오히려 방해만 된다. 그러나 지금 같은 경우는 오히려 어느 정도 도움이 된다고 할 수 있다.

어차피 솔로잉에는 한계가 있다. 최악의 경우, 강제 전향 스탯을 얻지 못해 다음 모드로 전환하지 못하고 업적의 포인트의 한계를 돌파해 버리면 현석은 영원히 지금 이 상태에서 답보할 수도 있는 노릇이다. 그렇다면 차선책으로 인하 길드원들의 전력을 강화시켜야만 한다. 그러한 상황에서 솔로잉은 지양하는 것이 맞다. 업적을 빼앗기는 것도 아니니 같이 클 수 있다면 같이 크는 게 좋다. 그리고 지금 같은 상황에서 길드원들은 자신의 자리에서, 자신의 역할을 충분히 잘 이행하고 있었다.

현석이 주먹을 내뻗으며 말했다.

"실드 깹니다. 모두 준비하세요!"

그와 동시에 실드가 깨졌고 난폭해진 터틀의 시선을 홍세영이 순식간에 잡아냈다. 약간 무리를 했는지 실수를 한 건지, 녹색 액체에 홍세영이 아주 살짝 빗겨 맞았고 그와 동시에 평화의 힐이 홍세영의 H/P를 채웠다.

[자이언트 터틀을 사냥했습니다.]
[던전 클리어의 총 인원을 파악합니다. 총원 6명.]
[어려운 업적으로 인정됩니다.]
[던전 보스 몬스터 레이드 성공으로 업적 포인트가 소폭 상승합니다.]
[보너스 스탯 12가 주어집니다.]

슬레이어들이 변화하고 필드의 몬스터들이 변화하고 또 던전의 모습이 변화하고 있다. 여러 가지 변화가 계속해서 벌어지고 있는 와중에 '던전 내 보스 몬스터 레이드'의 개념이 처음 등장하게 됐다.

'그리고 이번에도 역시 총 인원을 계산하여 업적이 결정된 것 같아.'

만약 6명이 아니라 60명이 들어왔다면 자이언트 터틀을 훨씬 쉽게 레이드할 수 있었으리라. 물론 그만큼 사망자가 발생할 확률은 높아지겠지만 말이다.

던전을 클리어하고 나오니 세상은 그들 때문에 난리가 나 있었다.

*　　　　　*　　　　　*

〈인하 길드, 16일간의 사투. 기적적 생환!〉
〈플래티넘 슬레이어에게 보상 양도한 김연수 같이 모습을 드러내다!〉
〈최상위 슬레이어 하종원을 꺾은 슬레이어. 그의 진정한 정체는 김연수인가!〉

인하 길드는 새로운 형태의 던전을 클리어하고 나왔다. 단순한 수련 던전인 줄 알았는데 그게 아니었다. 수련은 수련인데 이후 보스 몬스터가 등장했다. 예전과는 분명 다른 형태의 던전이었다.

재미있는 건 하종원과 PvP를 해서 퍼펙트게임으로 이긴 슬레이어가 김연수가 아닐까라는 추측을 하는 사람들이 생겼다는 거다. 그도 그럴 것이 그 슬레이어가 이번 던전 클리어 시

인하 길드에 포함되어 있었는데, 홍세영을 비롯한 여자 슬레이어들은 하종원을 이길 수 있을 것 같지가 않고 그렇다면 남은 사람은 유현석과 김연수뿐이었다.

그렇기 때문에 아무래도 유명한 김연수에 그 무게를 두고 추측을 하고 있는 모양이었다. 유현석이야 원래 그냥 하종원 같은 유명 슬레이어를 친구로 둔 덕분에 승승장구하고 있는 인하 길드의 길드장 정도의 운 좋은 사람으로 생각하고 있든지, 아니면 아는 사람보다 모르는 사람이 훨씬 많을 정도인 것에 반해 김연수는 이미 유명한 슬레이어였으니까 말이다.

물론 최상위 급쯤 되는 슬레이어 혹은 정부의 고위 인사 정도 되면, 현석의 정체에 대해 알고 있지만 대중들은 최상위 급 슬레이어가 아니었다.

〈100개의 옐로스톤 획득! 개당 2억 원의 가치!〉

던전 클리어 한 번에 200억을 벌었다. 던전 내에선 파티 시스템이 적용되고 따라서 80퍼센트 이상이 현석의 소유로 들어오게 됐지만 현석은 이런 물질적인 것에는 초탈한 지 오래다.

"다른 곳은 몰라도 우리 길드는 1/N으로 나누죠. 당분간은요."

그런데 김연수가 반대했다. 연수는 이번에 임시 동행을 계기로 인하 길드에 남기로 했다. 안 그래도 방어형 슬레이어가 필요했던 현석이다. 이번에 김연수의 실력을 똑똑히 봤다. 만약 그가 없었다면 평화가 죽었을지도 모를 일이다. 인하 길드에 들어오기에 충분하고도 넘칠 실력이었다. 하지만 실력은 좋은데, 이런 부분에 있어서는 고집이 셌다.

"아닙니다. 그건 절대 안 될 말씀입니다."

연수는 보상은 대부분 현석이 가져야만 한다며, 오히려 자신은 옐로스톤은 고사하고 업적 보상을 나눠 갖는 것만으로도 굉장히 감사하고 있다고 강력하게 의지를 표명했다.

그런데 평화도 연수와 같은 의견을 표했다.

"오빠가 제일 고생했는데 저도 찬성할 수 없어요."

평화는 현석에게 조금 서운하다면 서운할 수 있는 입장이다. 그러나 그녀는 현석의 상황을 충분히 이해했고 그녀 스스로가 현석에게 있어 민서보다 소중한 사람이 아니라는 것을 스스로도 알고 있었다.

그래서 그녀는 서운한 티를 전혀 내지 않았다. 절체절명의 순간에 자신이 선택받지 못했다는 것은 아쉽고 슬픈 일이지만 오히려 더 노력하고 좋아하면 된다고, 애써 스스로를 다독이는 중이었다.

현석이 말했다.

"어떻게 들릴지 모르겠지만 저는 이런 억 단위의 돈은 쉽게 벌 수 있어요. 몬스터 디텍터도 있겠다, 그냥 솔로로 슬레잉 다니면 이런 돈은 제게 큰 의미 없는 돈이에요."

그 말에 다들 수긍했다. 허세가 아니다. 잘난 척도 아니다. 그냥 어제 메뉴는 김치찌개였어요, 라고 말하는 것과 별로 다를 게 없다. 확실히 현석은 그럴 능력이 충분히 있었다. 애초에 미국에서 3천억 원을 제시했는데도 움직이지 않았다. 3천억은 엄청난 돈이지만 현석을 들었다 놨다 하기에는 무리가 있는 금액이라는 뜻이다.

"돈은 제게 큰 영향을 끼치지 못하지만 제 주변의 사람들은 제게 충분히 영향을 끼칠 수 있어요. 이번에 김연수 씨가 평화를 지켜주신 것. 정말 머리 숙여 깊이 감사하고 있습니다."

현석은 말을 이었다.

"별다른 일이 없는 한 저는 1/N 분배를 계속 하도록 하겠습니다. 인하 길드의 방침이라고 할 수 있겠네요. 여러분이 잘돼야 저도 잘된다고 생각하고 있어요."

그러나 김연수의 저항이 워낙에 격렬했다. 이런 것에 있어서는 꽤나 고집이 강한 듯했다. 서로 더 주겠다, 안 받겠다의 갑론을박이 이어졌는데 꽤 시간이 지나서야 방침이 정해졌다.

"기여도에 따른 차등 분배를 했을 때와 1/N으로 나눴을 때의 차익만큼을 길드의 기금으로 사용하는 것으로 정해졌습니다. 다만, 공동 기금의 형태를 띠고 있지만 각자의 지분만큼은 특별한 이유가 없는 한 개인적으로 사용이 가능하도록 하는 것으로 했습니다. 이의 있으신 분?"

현석의 말에 모두가 동의했다. 1/N로 나눴을 때와 기여도에 따른 차등 분배 원칙을 적용했을 때, 당연히 그 보상이 차이날 수밖에 없다. 현재 길드 내에서 현석의 무력이 절대적으로 큰 부분을 차지하고 있기 때문이다.

그러니까 차등 분배로 일단 먼저 보상을 분배받고, 나머지 금액을 길드의 공동 기금으로 만들어 관리하는 것인데 만약 누군가가 돈이 필요하게 되면 자신의 차액만큼은 자유로이 쓸 수 있는 형식이었다.

보상 문제에 있어서만큼은 완강했던 김연수도 여기에는 수긍했다. 어차피 스스로가 안 쓰면 그만이었으니까. 공동 기금의 경우, 공동으로 사용할 때에는 길드원들 간의 합의가 있어야만 사용할 수 있도록 했으며 그것의 관리는 세영과 평화가 함께하기로 했다.

그렇게 방침이 정해졌을 무렵, 한국 유니온장인 성형으로부터 연락이 왔다.

─현석아, 네가 예전에 부탁했던 거. 드디어 찾아냈다. 와~ 물량이 이렇게 없네.

"아, 진짜요? 예전에 말씀하신 그 경매에 나온 건가요?"

―그래. 이번에 힘 좀 써서……. 한국에서 열리도록 했다.

"감사합니다."

―아냐 뭘. 네가 한국에 남아 있는 것만으로도 나, 아니, 유니온에 이미 커다란 공헌을 해주고 있는데 이 정도는 해야지. 최소한의 성의 표시라고 생각해 줘라.

예전에 성형에게 따로 부탁했던 일이 있었다. 현석 혼자의 힘으로는 거의 불가능에 가까운 일이었다.

'상급 체술. 드디어 물량이 풀렸구나.'

현석의 얼굴이 밝아졌다.

CHAPTER 3

원래부터 드롭율이 좋지 않았던 스킬북의 경우는 이지 모드 때보다 드롭율이 더욱 극악하게 떨어져 버렸다. 정말 어지간해서는 나오지 않는 것이 바로 스킬북이었는데 그나마 나온다 하더라도 하급에 해당하는 스킬들만 나왔다. 현석이 예전에 얻었던 하급 체술의 경우도 현재 시가로 10억 원에 달한다는 것을 전제로 살펴본다면, 스킬북의 드롭율이 얼마나 극악한지 알 수 있었다.

　그나마 보조 및 회복 슬레이어 계열의 스킬은 드롭이 잘되는 편이었다. 전투 슬레이어의 스킬은 스킬북을 사용하는 것보다 차라리 반복 숙달을 통해 스킬을 형성하는 것이 훨씬 낫다는 것이 중론이었다.

사실인지 우스갯소리인지 확인할 길은 없으나, 그래도 스킬북 드롭율이 좋았던 이지 모드 때 스킬북을 많이 구매해 놨던 사람이 노멀 모드에 접어들면서 대박이 났다더라, 하는 말도 있을 정도였다.

또한 아직 이지 모드에서 벗어나지 못한 슬레이어들에게 스킬북이 비교적—다시 한 번 강조하지만 상대적인 의미로—잘 드롭된다는 것을 파악한 몇몇 길드에서는 이지 모드의 슬레이어들을 영입하여 스킬북 획득을 시도하고 있다는 소문도 들려왔다.

'어쨌든 이번 경매에 상급 체술이 풀린다고 하니까.'

성형이 이끄는 한국 유니온은 비록 규모는 작지만—한국의 슬레이어라고 해봐야 겨우 1만여 명 수준밖에 안 되니까—슬레잉 실력만큼은 그 어느 국가에도 뒤지지 않는다는 평가를 받으며 발돋움하고 있는 중이다. 비록 숫자는 적어도, 한국의 슬레이어들 수준이 높다는 것도 물론 그 이유가 되겠지만 성형의 수완이 뛰어나다는 것도 그 이유라 할 수 있겠다.

정확하게 날짜가 정해져 있는 건 아니지만, 한 달에 한 번 국제적으로 최상위 급 슬레이어 혹은 그들을 지원하는 부호, 기업 등이 참여하는 경매가 열리고 있다. 물론 일반 슬레이어나 대중들은 잘 모르는, 그들만의 세계이기는 했으나 한국 유니온을 이끄는 성형은 당연히 그 정보를 얻을 수 있었다.

게다가 한국 유니온은 플래티넘 슬레이어가 소속된 유니온이라는 이미지가 강하여 그 입지가 결코 약하다고 할 수 없었다.

경매 물품에 대한 정보를 갱신받는 것쯤은 별로 어려운 일이 아니었다. 현석의 입장에서는 굉장히 편하다고 할 수 있겠다. 아무것도 신경 쓰지 않고 슬레잉에만 집중하면, 그 외의 나머지 부분들은 한국 유니온에서 대신 처리해 주는 형국이니까 말이다.

'상급 체술이라……'

경매가 열리는 곳은 한국. 각 국 유니온의 최상급 슬레이어 혹은 산하에 슬레이어를 육성하고 싶은 부자들, 유니온의 간부들이 참여하여 제비뽑기로 경매 장소를 고른다고 하는데 이번엔 한국이 되었단다.

'성형이 형님이 고생 깨나 했겠어.'

그러나 그 제비뽑기도 공정하지는 않단다. 현석의 편의를 봐주기 위해서—만에 하나 현석이 타국에 입국했는데 던전이라도 발견되어 업적을 놓치면 현석에게 큰 손해라 생각했기 때문에—로비를 벌여 한국에서 경매가 치러지도록 손을 썼다는 것 같았다. 공명정대한 사람이 본다면 비겁하다 할 수도 있는 일이지만 이것 역시 그의 능력이라면 능력이라고 할 수 있었다.

현석은 성형과 함께 경매에 참여했다. 경매는 비밀리에 치러지며 또한 신분 역시 철저하게 비밀로 보장되었다. 불편하긴 하지만 복면을 써야만 했다. 누가 어떤 아이템을 가졌는지 알리지 않기 위해 취해진 원색적인 조치였고, 당연히 현석과 성형도 복면을 썼다.

현석이 농담조로 말했다. 아무도 듣지 못하게 목소리는 낮추었다.

"유니온장쯤 되는 사람이 직접 와도 됩니까? 요즘 좀 한가하신가 보네요."

"나 말고도 유니온장들이 직접 참여할 거야. 대리자를 내세우는 경우가 아니면 어느 국가 소속인지 정도는 파악할 수 있을 거고. 각국 유니온의 재정적 능력과 필요 아이템 정도를 파악하는데 큰 도움이 될 수 있으니까. 이런 최상급 경매는."

"유니온들끼리 세력 경쟁이 있나 봐요?"

"아니라고는 못하지. 물론 몬스터가 겹치지 않으니까 직접적인 마찰은 없지만 상대에 대해 파악해서 나쁠 건 없잖아. 미래에 판도가 어떻게 바뀔지도 모르고. 괜히 미국 유니온에서 너를 3천억을 주면서까지 스카웃하려 했던 게 아니야. 그들에게도 이익이 있지만 한국 유니온에도 피해가 온다는 것까지 감안했겠지."

"흠……."

아무래도 사람들이 모이고 조직이 생기면 조직들 간의 주도권 다툼이 생기는 건 당연한 수순인 듯했다. 각국에 몬스터가 따로 존재하고, 또 따로 던전이 있기 때문에 직접적인 마찰이나 갈등은 없지만 그래도 서로가 서로를 견제하고 파악하기 위해 노력하고 있는 모양이었다.

"견제… 라고 하기엔 형님께선 새로운 몬스터나 던전에 대한 정보를 너무 쉽게 풀어버리시는 것 같던데."

"그건 이미지 메이킹을 위한 선택이지. 가장 먼저 던전을 클리어하고 정보를 주고, 또 몬스터를 슬레잉하고 정보를 준다는 프리미엄의 이미지를 만들기 위한 거야. 너도 알다시피 우리는 슬레잉 수준이 굉장히 높지만 그 숫자가 적어. 그 약점을 극복하기 위해 이미지를 구축하고 있는 거야."

현석은 피식 웃었다. 성형의 생각을 어느 정도 이미 짐작하고는 있었지만 그래도 직접 입으로 듣고 보니 뭐랄까 조금 믿음직스럽다고 해야 할까. 원래부터 인간적인 매력을 느끼고 있어서 그런지는 몰라도 성형과 같은 배를 탄 것에 스스로 만족스런 기분이 들었다.

경매가 시작되었다. 물품은 굉장히 다양했다. 몬스터스톤이긴 몬스터스톤인데 모양이 기형적으로—예를 들어 하트나 별과 같은—생긴 몬스터스톤은 수집가들에게 대인기라 하여 그 가격이 일반 스톤보다 훨씬 더 비쌌다. 세상은 넓고 소유욕 많은 부자들도 많은 모양이었다.

'하기야 여긴 슬레이어들만 있는 것이 아니라 세계의 부자들도 참여한다고 했었지.'

성형이 예전 10억 원쯤을 들여 구했다던 상급힐 스킬북이 여기서는 30억을 쉽게 뛰어넘었다. 30억쯤은 아무런 부담도 되지 않는다는 듯 금액을 마구 올려대는 경매 참여자들의 기세에, 솔직한 말로 현석도 반쯤은 기가 죽었다.

현석 역시 어디 가서 남부럽지 않을 재산을 가지고는 있지만—그린스톤 수백 개와 옐로스톤 수백 개를 합치면 억 단위는 우스울 재산을 가지고 있다—이곳에 모인 사람들은 그 정도는 우습게 생각하는 듯했다.

'상급힐이 50억 넘는 가격에 낙찰됐어. 그럼 도대체 상급 체술은……'

보조 및 회복 스킬북은 비교적 구하기 쉬운 편이라 전투 스킬북에 비해서는 가격이 싼 편이다. 여담이지만, 전투 스킬북 중에서도 액티브 스킬보다 오히려 패시브 스킬이 더 높은 가격에 거래되고 있다. 액티브가 '기술'에 속한다면 패시브는 '근본'에 속한다고 볼 수 있다는 인식 때문이기도 했고 M/P가 굉장히 낮은 전투 슬레이어들의 경우 액티브 스킬은 그리 많이 사용할 수 없다는 단점 때문이기도 했다. 그렇다고 액티브 스킬이 엄청난 효용성을 발휘하는 것도 아니고 말이다.

어쨌든 보조 및 회복 슬레이어의 스킬은 그나마 구하기 쉽고 시중에 물량이 어느 정도 돌아다니고 있는데 체술의 경우는 아니었다. 아마도 현석처럼 상급 체술을 노리고 있는 사람들이 분명 있을 터.

'젠장. 설마하니 돈이 부족할 리는 없겠지.'

여유로운 마음으로 참여했는데, 세계의 클래스는 그가 생각했던 것보다 훨씬 더 어마어마했다. 이럴 거라고 생각은 했지만 그걸 직접 눈으로 마주하는 것과 머릿속으로 생각만 하는 것은 차원이 달랐다.

그런데 그때, 충격적인 일이 벌어졌다. 가장 먼저 목숨을 잃은 건 무장 경비원들이었다. 눈앞에서 살인이 일어났지만 사람들은 크게 동요하지 않았다.

세계 최상위 급 슬레이어들 혹은 유니온장 혹은 부자들이 참여하는 곳이다 보니 경비가 굉장히 철저하고 최첨단 보안설비와 시스템을 갖추고 있다. 아마도 아이템을 탐하는 어떤 무리가 무식한 짓을 벌였나 보다, 하고 여유를 가진 채 사태를 지켜봤다. 엄청난 금액이 오고가는 곳이다. 욕심이 날 수도 있다. 그러나 이러한 곳을 노리는 건 하룻강아지들이나 하는 짓이다. 엄청난 금액이 거래되는 만큼, 방비를 엄청나게 하니까 말이다.

큰 금액에 눈이 먼 하룻강아지가 아니라면, 엄청나게 준비를 해서 한 번에 일을 처리할 자신이 있는 경우도 간혹 존재할 수도 있다. 그런데 이번엔 아무래도 후자인 것 같았다.

여유롭던 사람들 사이에서도 조금씩 소요가 일기 시작했다. 일이 점점 커지기 시작했다.

*　　　　　*　　　　　*

예전부터 슬레이어에 대한 경계의 움직임이 있기는 했다. 그러나 슬레이어의 능력이 현대 무기 앞에서는 무용지물이나 다름없으며 전투 필드를 펼치려면 반드시 주변에 몬스터가 있어야만 한다는 제약 조건이 걸려 있어서 슬레이어 자체가 엄청난 경계 대상이 되는 건 아니었다.

그러나 요즘 들어 보조 슬레이어의 전투 필드 개방조건이 풀리면서 종종 슬레이어들이 탈선의 길로 빠져들고 있는 것도 사실이었다. 공식적인 PvP의 경우는 오히려 스포츠화 되고 있는 추세고 나름대로의 룰과 규칙이 있으니 어찌 보면 좋다고도 볼 수 있다. PvP를 하다 보면 대인전에 맞는 스킬이 생겨나기도 했고 추후 혹시 나올지 모를, 인간처럼 작고(?) 날렵한 몬스터를 상대하는 것에 미리 대비를 할 수 있는 것이니까 말이다. 물론 PvP 역시 나쁜 시선으로 보는 사람들도 다수 존재했다. 사람의 목숨이 걸린 일인데 지나치게 상업화하는 것이 아니냐는 목소리다.

그러나 PvP는 애교일 수준이다. 지금 경매장에 난입한 슬레이어들은 현대 무기로 무장하고 있었는데, 그 움직임이 특전사 저리 가라였다. 전투 필드가 느껴지는 걸로 보아 슬레이어들이 분명했다. 최첨단 방비 시설과 삼엄한 경비에 대한 믿음이 거의 사라져 갔다. 그들에게는 산탄총마저도 위력을 발휘하지 못했다.

'확실히 고통을 느끼지 않으니까 H/P만 신경 쓴다면 최적의 움직임을 계속 구사할 수 있네.'

현석은 상황을 지켜보기 위해 다른 사람들과 마찬가지로 의자 밑으로 몸을 숨겼다.

'이 경매가 열린다는 걸 아는 사람 혹은 단체는 그리 많지 않아.'

완벽한 비밀은 아니겠지만 그래도 어느 정도 사회적 위치가 있거나 부를 쌓았거나 최상급 슬레이어 쯤은 되어야 이 경매에 대한 정보를 알 수 있다.

'그렇다는 말은 이곳의 경비가 삼엄하다는 것 역시 알고 일을 저지르고 있을 터.'

수십, 수백억이 백 원, 이백 원처럼 왔다 갔다 하는 곳이다 보니 한 번 크게 털 생각으로 쳐들어왔다면 이해는 된다.

'게다가 이곳에는 각국의 부호나 최상급 슬레이어. 혹은 유니온장들이 자리하고 있어. 그렇다는 말은 아이템뿐만 아니라 타국 유니온의 세력 약화까지도 같이 노리는 건가?'

확실하게 이렇다, 저렇다 결론을 내리기는 힘들었다. 단순히 아이템을 노렸다고 봐도 무방할 정도로 이곳의 경매 규모는 대단했다. 그러나 단순히 아이템만을 노렸다고 보기엔 석연찮은 것이, 이 경매를 알 수 있으려면 어느 정도 위치에 있어야만 하는 사람이고 그 정도 위치에 있는 사람이 고작 아이템 때문에 이런 짓을 벌일까 싶기도 했다. 사람의 욕심이야 끝이 없다고 하기는 하지만, 아무래도 의심이 되는 건 어쩔 수 없었다.

그런데 전후 상황을 둘째치고서 가장 의심이 되는 건,

'무장 세력이 경비를 맡고 있어. 아무리 슬레이어들이라고 할지라도 현대 무기 앞에선 소용 없을 텐데 무슨 자신감으로……'

너무 당당하게 정면으로 승부를 걸어왔다는 거다. 아이템만 얼른 훔쳐서 달아나는 수준이 아니라 아이템 전부를 싸그리 가져가려는 것처럼 보였다. 그리고 가까운 사람들부터 아이템과 현금 등을 강탈하고 있었다.

탕!

거대한 총성이 터져 나왔다.

누군가가 테러리스트에게 반발하려하다가 총에 맞아 죽는 사단이 벌어졌고 경매장 내 분위기는 점점 살벌해졌다. 아무리 인지도 있고 사회적 지위가 높은 사람이라 할지라도 죽음 앞에서, 그것도 자의도 아닌 타의에 의한 죽음 앞에서 초연할 수 있는 사람이 얼마나 있을까.

무장 경비원들은 모습을 드러내지 않았다. 애초에 경비 병력이 없었다는 건 말이 안 된다. 그렇다면 모두 당했다는 소리다. 순간, 현석이 찔끔 놀랐다. 방금 전, 저쪽 복면을 쓴 남자의 가슴팍에서 불꽃이 튀었다.

어딘가에서 저격이 있었던 듯했다. 그러나 저격이 먹히질 않았다. 그 이후, 남자의 머리 부근에서 또다시 불꽃이 튀었으나 역시나 저격이 먹히질 않았다. 아무리 슬레이어라고 해도 저런 건 불가능했다. 현석이라고 해도 스나이퍼의 총알에 머리가 뚫려도 멀쩡할 자신은 별로 없다.

'방어력이 높아서 안 먹히는 건 아니야.'

방어력이 높다면, 저런 식으로 불꽃이 튈 리가 없다.

'이건… 실드다!'

현대 무기에 강력한 내성을 가지고 있는 몬스터의 실드. 그것과 비슷한 것인 듯했다.

'실드. 그래, 실드를 두른 슬레이어가 무장을 하고 쳐들어왔

다면 이 상황이 모두 이해가 돼. 저 자신감도!'

그게 바로 키워드였다. 현대 무기가 통하지 않는 초인. 지금 저들의 상태가 그 정도쯤 될 것이다. 그런데 그 초인들은 현대 무기로 무장하고 있었다. 저들을 상대하기란 여간 까다로운 것이 아닐 터. 걸어 다니는 전차라고하면 비약이 너무 심한 것일까.

장내는 오히려 점점 조용해졌다. 경매 참여자들이 순순히 아이템을 내놓았다. 돈도 마찬가지였다. 성형도 비슷한 생각을 한 듯했다. 아주 작게 속삭였다.

"아무래도 실드 스킬북으로 실드를 두른 모양이야."

현석이 고개를 끄덕였다. 성형이 말을 이었다.

"숫자는 약 7명. 모두가 실드를 두르고 있는 건지는 모르겠지만…… 움직임으로 파악해 보면 내가 한 명 정도는 커버할 수 있겠어."

성형은 아무래도 저들을 제압할 생각을 가지고 있는 듯했다. 그러나 현석은 조금 머뭇거렸다. 그는 영화 속 주인공이 아니다. 총알이 자신을 피해가지는 않는 법이다. 현석에게는 실드가 없다. 방어력은 물론 강하지만 이것이 현대 무기까지 막아줄 수 있을지는 모른다. 몬스터 슬레잉과는 완전히 다른 분야니까.

성형이 현석의 마음을 이해한 듯 말했다.

"걱정하지마. 일반적으로 권총의 충격 수치는 약 5천 정도야. 크리티컬 샷이 뜨지 않았을 때를 가정하면."

5천 정도라고 하면, 대단한 수치다. 일단 노멀 모드 최상위급 포식자인 트윈헤드 트롤의 수치가 4,500가량이라는 점을 감안한다면 총알 한 방이 트윈헤드 트롤보다도 강한 공격력이 가지고 있다는 뜻이니까.

심지어 권총은 원거리 무기이며 일반인이라고 해도 조금만 연습하면 얼마든지 다룰 수 있다. 게다가 연사도 가능하다. 그런 의미에서 현대 과학 기술력은 역시 무시무시하다고 말할 수 있을 것이다.

"그리고 지금 저들이 소지한 무기 중 가장 강력한 무기는 MP─7. 서브머신 건의 일종이야. 방탄력도 뚫는 관통력과 연사력을 가졌지만…… 충격 수치는 약 8천 정도야."

성형이 말해주는 건 상당히 고급 정보에 속하는 것이었다. 언제 저런 것까지 조사를 했고 그리고 그걸 머릿속에 넣고 있는지는 차치하고서, 그 고급 정보는 현석에게 자신감을 심어주기에 충분했다.

현석의 입가에 미소가 떠올랐다. 물론 복면 때문에 보이는 않았지만.

'겨우 8천?'

8천의 대미지는 아무리 박혀봐야 H/P가 깎이지도 않는다.

적어도 7발 이상의 총알이 0.1초의 차이도 없이 완전히 동시에 틀어박혀야 5천 정도의 H/P가 깎일까 말까다. 그런데 지금 현석은 그런 등급의 힐까지 갖춘 상태다.

자신감이 생겼다. 총탄에 의해 발생하는 크리티컬 샷이 얼마나 위력을 발휘할지는 모르겠으나 충격 수치 10만이 넘는 싸이클롭스도 슬레잉했다. 8천의 총탄이 크리티컬 샷을 발생시켜 봐야 얼마나 강하겠는가. 애초에 크리티컬 샷을 얻어맞는 건, 현석에게 매우 익숙한 일이기도 했다.

"거기! 뭘 쑥덕거려!"

약간 어눌한 발음의 영어가 들려왔다. 현석은 예전 영어 번역 아르바이트를 했었고 영어에는 제법 능통했다. 원어민이 아니라는 것을 캐치할 수 있었고 또 무슨 뜻인지도 알아들었다.

현석이 두 손을 머리 위로 올리면서 일어섰다. 총을 든 남자가 경계하는 기색을 보였다.

"뭐하는 거야? 앉아!"

현석이 한 걸음을 옮겼다. 그러자 남자가 쏘는 시늉을 했다. 그와 동시에 현석이 전투 필드를 펼쳤다.

*　　　*　　　*

일본 유니온의 유니온장 이치고는 경매에 참여했다가 운 나쁘게 총상을 입었다. 하필이면 전투 필드가 아주 잠깐 사라졌을 때에 얻어맞았다. 지지리도 운이 나빴다고 할 수 있겠다.

이치고의 눈이 한 남자에게 향했다.

'저, 저런 움직임이 가능하단 말인가!'

저런 움직임. 이전에도 본 적이 있다. 그때보다 훨씬 더 자연스러워진 움직임. 전 세계에서 싸이클롭스 솔로잉이 가능한 유일한 그 남자가 틀림없었다. 그런데 몬스터를 상대하는 것과 현대 무기를 상대하는 건 엄연히 다른 문제다.

'서브머신 건을 몸으로 받아내고 있다고?'

물론 H/P 감소는 꾸준히 일어나고 있다. 물론 아주아주 미비한 양이다. 하지만 이곳에 모인 슬레이어들 역시 각국의 최정상급 슬레이어들이 많다. 개중에는 힐러들도 있었는지 현석의 H/P를 조금씩 채워주고 있었다.

'서브머신 건의 충격 수치가 통상 7천 정도. 거기에 크리티컬, 연사에 의한 누적 대미지까지 계산한다면……. 도대체 저 슬레이어의 방어력은 얼마나 된다는 뜻인가?'

방어력은 물론이고 저 담력과 기세에 이치고는 솔직한 말로 기가 죽었다. 아무리 자신의 방어력을 믿는다고는 해도 눈앞에서 서브머신 건이 쏟아지고 있는데 그걸 당당하게 맞으며 뛰어갈 사람이 세상에 몇 명이나 있겠는가.

'이건… 단순히 방어력 문제가 아니다. 단순히 방어력에 대한 자신감이 있다고만 한다면 절대 저렇게 달려들 수 없어.'

현석이 방아쇠가 되었다. 현석이 반격을 시작하자 몸을 웅크리고 사태를 주시하던 슬레이어들도 하나둘씩 일어섰다. 공격이야 현석에게 집중되고 있는 상황이고 그 틈을 타 슬레이어들이 빠르게 움직인 거다.

누군지는 알 수 없지만 한 회복 슬레이어가 이치고에게 힐을 써줬다. 몸이 편해졌다.

'게다가 빠르기로 보면 충분히 피할 수 있을 거다. 총알을 피하지 않고 정면으로 다가가는 이유는 주변의 다른 사람들을 보호하기 위함이 틀림없다.'

현석에 대한 경외심이 들 정도였다. 게다가 지금 이 상황을 이해하지 못할 사람들은 그렇게 많지 않았다. 적어도 슬레이어들이라면 이 상황을 이해했다.

피한의 수는 7명. 그중 1명이 현석에게 목숨을 잃었다. 그리고 나머지 3명이 또 현석에 의해 무력화됐고 한 명은 성형에게, 또 나머지 2명은 현석에 의해 자극 받은 슬레이어들에 의해 무력화됐다.

현석의 심장이 두방망이질치기 시작했다. 어떤 소설 속 주인공처럼 패닉 상태에 빠지거나 정신분열증 같은 증세에 빠져들지는 않았지만 처음으로 살인을 저질렀다. 물론 고의는 아니었고 상대가 이쪽을 향해 총을 마구잡이로 발사했으며 머리에 크리티컬 샷이 연속으로 계속 떴다. 1,000이라는, 현석의 입장에선 결코 적지 않은 대미지가 연속해서 발생했기에 너무 당황했다는 핑계를 대려면 댈 수는 있었으나 어쨌든 그는 살인을 저질렀다.

'살인… 을 저질렀다.'

아무리 최상위 급 슬레이어라 할지라도 몬스터를 잡는 것과 사람을 죽이는 건 엄연히 다른 문제다. 20살 이후로 사람을 제대로 때려본 적도 없는 현석이다. 손과 발이 덜덜 떨려왔다. 성형이 옆에서 어깨를 두드리며 아주 작게 속삭였다.

"이건 백퍼센트 정당방위야. 너무 마음 쓰지 마라."

"예."

머리로는 안다. 이건 정당방위다. 죽이지 않으면 자신이 죽을 수도 있는 상황이었다. 오히려 세계 각국의 인사들이 현석에게 감사하다고 넙죽 절해도 모자를 판이다.

사격 실력이 좋았던 건지 운이 좋았던 건지는 모르겠지만 머리 쪽에 크리티컬 샷이 연속해서 수십 번이 넘게 떴고 덕분에 H/P가 1만이 넘게 깎여 나갔다. 그 짧은 몇 초 사이에 말이다. 크리티컬 샷이 짧은 시간 내에 계속해서 발생하면 그만큼 대미지가 더 커지는 모양이었다. 특히나 서브머신 건쯤 되는, 엄청난 연사력을 자랑하는 무기는 그만큼 위험했다.

힐을 써서 재빨리 채우기는 했으나 어쨌든 그렇게 계속해서 맞았다면 위험할 수도 있는 상황이었다.

이번 사건은 언론에는 전혀 보도되지 않았다.

애초에 이런 경매가 있는지, 아는 사람보다 모르는 사람이 더 많았다.

그러나 최상위 급 슬레이어들을 비롯한 경매에 참여한 사람들 사이에선 이번 사건의 해결자로 한국의 플래티넘 슬레이어를 꼽았다.

가장 먼저 나선, 그러니까 서브머신 건을 연달아 맞으면서도 H/P가 굉장히 조금밖에 깎이지 않은─기껏해야 1/10수준. 정작 당사자인 현석에게는 커다란 수치지만 제3자인 다른 사람들이 보면 고작 1/10이다─슬레이어를 보면 당연히 한국의 플래티넘 슬레이어를 떠올릴 수밖에 없었다.

일본 유니온장 이치고가 말했다.

"역시… 유현석이겠지?"

"아마 그럴 겁니다. 순수한 육체 능력만으로 그 정도 위력을 발휘할 수 있다는 것이 놀랍기만 하군요. 그는 심지어 전투 필드는 물론이고 회복 필드마저도 구사하는 만능 슬레이어 아닙니까?"

"그나저나 이번 일은 비밀리에 잘 처리가 될 모양이야."

"각국의 인사들이 이슈화되는 것을 원치 않는 것 같네요."

"하지만 배후는 반드시 찾아야겠지. 아마 실드였던 것 같아. 믿고 있던 구석이 있는 거였지. 플래티넘 슬레이어가 그 자리에 있을 확률이 얼마나 있었겠어? 어찌 보면 운이 나빴네. 아니, 플래티넘 슬레이어가 있다고 했어도 통상적인 강함이라면 현대 무기와 실드로 얼마든지 상대할 수 있었겠지. 자신감이 있을 만한 상황이었어. 그러고 보니 경매 주최 측이 이번엔 미국 유니온이었다면서?"

"예, 경매 주최 측인 미국 유니온이 배상을 하겠다며 나섰습니다."

경매 주최는 각국의 유니온이 책임지고 번갈아가며 진행하는 형식이었다.

"미국이라면… 왜 굳이 한국에서 경매를 벌였을까? 한국 유니온장이 무슨 수를 부렸길래."

"한국 유니온에는 플래티넘 슬레이어가 있으니까요. 모르긴 몰라도 그를 빌미로 수작을 부리고 또 로비를 엄청나게 한다면 불가능하지는 않았을 겁니다."

"우리 말고도 그의 정체를 파악한 사람들이 많을 거야."

"물론입니다. 현존하는 슬레이어들 중에 그런 움직임과 엄청난 방어력을 자랑하는 슬레이어는 없습니다. 적어도 알려진 바에 의하면요. 한국의 플래티넘 슬레이어가 아니었다면 아이템은 모조리 그들 손에 빼앗겼을지도 모를 일입니다."

역시 플래티넘 슬레이어는 대단했다. 그곳에는 세계에서도 내로라하는 슬레이어들이 즐비했다. 그런데도 아무도 선뜻 나서지 못했다. 아무리 그들이라고 해도 서브머신 건을 연달아 머리통에 맞으면 죽을 수밖에 없다. 아니, 애초에 한 대도 못 버티고 죽을 확률이 높다. 그것도 그렇고 방어력에 아무리 자신이 있다 하더라도 어느 누가 총알을 뚫고 뛰쳐나갈 생각을 할 수 있단 말인가.

'정신력에 있어서도 그는 압도적인 사람이다.'

이치고는 침음성을 삼켰다. 단순히 힘만 센 멍청이면 이용해 먹기 좋다. 그런데 지금까지의 행보를 보면 그런 것 같지도 않다. 적당히 뒤에 빠져 있으면서 한국 유니온과 하종원 등을 내세워 이목을 피했으면서도 굵직굵직한 일은 모두 그의 손을 거쳤다. 그리고 스스로 나서기 힘들고 껄끄러운 일들은 한국 유니온에서 대신 해주고 있다. 게다가 이번에 그 담대한 정신력까지 알게 됐다. 심지어 이번에는 살인까지 저질렀다.

'절대 적으로 만들어서는 안 돼. 살인을 하는 데에서도 한 치의 망설임도 없었어. 잘못 건드리면 무슨 일이 벌어질지 모른다.'

사실 이치고가 약간 오해했다. 이래서 선입견이 무서운 거다. 현석은 살인을 하는데에 한 치의 망설임도 없었던 것이 아니라, 지나친 흥분 상태를 제대로 제어하지 못하고 실수로 복면인을 죽여 버린 것이었다. 하다못해 커다란 벌레만 몸에 붙어도 떼어내려고 난리를 치는 게 사람이다. 총알이 머리통에서 불꽃을 튀기고 있고 H/P를 깎아내리고 있는데, 그것도 첫 경험인데 온전히 정신을 유지할 수 있는 사람이 있다면 그게 더 신기한 일이다. 힘 조절을 제대로 못해서 죽였다고 하는 게 더 맞는 말이라고 할 수 있겠다.

그리고 정신력 문제를 한 차원 뛰어넘은 문제였다. 현석은 애초에 방어력이 5만이 넘는다. 충격 수치가 대략 7천이라는 것을 알았을 때에 큰 자신감을 얻을 수 있었다. 이치고의 입장에서야 '큰 위험을 무릅쓰고도 나설 수 있는 정신력'으로 해석 되었지만 현석의 입장에서야 '그까짓 거 겨우 7천. 대충 맞아도 안 죽겠지' 정도로 해석된 거다. 애초에 방어력의 개념에 대한 인식 차이가 크다 보니 발생한 오해였다.

어쨌든 미국 유니온에서는 슬레이어들이 제압한 복면인들의 신병을 양도받았고 배후 세력 파악에 들어갔다.

사건이 일어나고 며칠이 지나고, 박성형이 말했다.

"현석아. 걔네 모두 자살했단다."

"네?"

"모르겠어. 무슨 무협지마냥 자살하는 약을 갖고 있었다나 봐. 미국이 저희들끼리만 정보 독식하려고 일부러 죽였다는 헛소문도 돌고 있기는 해. 그렇게 쉽게 죽게 내버려 둘 정도로 감시 체계가 허술한 애들이 아닌데, 미국 애들이…… 어쨌든 배후 세력 파악이 아무래도 힘들어질 것 같다. 그나저나 몸은 좀 어때?"

성형은 현석을 한 번 힐끗 보더니 농담조로 얘기했다.

"악몽을 꾸고 그러지는 않지?"

"예, 뭐……. 그러진 않아요. 약간 찝찝한 건 사실이지만."

그나마 다행인건 전투 필드 내에서 죽은 슬레이어라 시체를 남기지 않았다는 것 정도. 만약 자신의 주먹에 뼈가 바스라지고 머리통이 박살이라도 났다면 끔찍했겠지만 그런 것도 아니었다. 사람을 죽였다는 찝찝함이 남아 있기는 했지만 그것으로 인해 악몽을 꿀 정도는 아니었다.

'뭔가 석연찮은 구석이 있기는 한데……'

실체는 잡히지 않았으나 약간의 찝찝함이 남았다.

'포로라고 할 수 있는 그들이 그렇게 쉽게 자살하도록 내버려 뒀을까 과연? 6명이나 되는데?'

현석이 고개를 저었다. 혼자서 생각해 봐야 답이 나오지 않는 문제다. 성형 역시 뭔가 켕기는 것이 있는 것처럼 보이기는 했으나 딱히 그 문제를 언급하지는 않았다.

"아마도 이번 사건은 비밀리에 묻힐 모양이야. 이 사건이 밖으로 새어 나가면 슬레이어에 대한 경계의 목소리도 높아질 거고, 혼란이 일어날 수도 있으니까 라는 건 표면적인 이유고 경매에 관한 사실을 최상위 급끼리만 공유하고 싶은 거겠지."

"그렇… 군요."

현석이 고개를 끄덕였다. 그리고 물었다.

"그나저나 왜 부르신 거예요? 이런 사실들을 전하려고 부른 건 아니잖아요."

"눈치챘냐?"

"네. 형님이 뭐 아무 일 없이 저를 막 부르거나 하지는 않으니까요. 뭔가 훨씬 중요한 일이 있겠죠."

성형은 주위에 아무도 없는 것을 다시 한 번 확인하고서 입을 열었다.

"문제가 될까 봐서 잠시 사태를 지켜보고 있었다. 내가 너를 부른 진짜 이유는……."

성형의 말을 무덤덤하게 듣던 현석은 깜짝 놀랐다.

"그, 그게 정말입니까?"

성형이 내민 건 새로운 스킬북이었다.

CHAPTER 4

성형이 말했다.

"혹시라도 문제가 될까 봐 일단 내가 갖고 있었다."

"이게 뭡니까?"

성형이 뭔가를 건넸다. 그것은 바로 스킬북이었다.

"실드……?"

실드 스킬북.

현석의 눈이 커졌다. 실드. 이번 경매장 난입사건 때에 난입한 슬레이어들이 강했던 이유는 바로 실드라고 할 수 있겠다. 더 엄밀히 말하면 실드를 통한 현대 무기에 대한 내성.

"이걸 어디서?"

성형은 많은 부분을 생략하고서 말했다.

"아이템 드롭했더라."

정확히 말하자면 '네가 죽인 슬레이어가 드롭했다'였지만 이 정도만으로도 충분히 의미 파악이 가능했다.

'하지만 과연 사실일까?'

슬레이어를 죽인 건 현석이었다. 아무리 당황한 상태라고는 해도, 현석이 죽인 상대가 드롭한 아이템을 발견하지 못했을 리 없다.

'이유야 어찌 됐든, 실드 스킬은 반드시 익혀야만 해.'

현석이 말했다.

"그렇… 군요. 배후 세력은 아예 없다고 결론난 건가요?"

"일단 대외적으로는 그렇지. 그들의 단독 소행일 거라고 미국 유니온 측에서 말은 했는데 사실 전부 믿을 건 못 돼. 아직 확실하게 말은 못해도 뭔가 있는 것 같은 기분이거든. 일단은 모두가 말을 아끼고 있어."

어쨌든 현석은 성형으로부터 실드 스킬북을 얻었다. 원래 상급 체술 스킬북을 얻고 싶었는데 그건 일단 포기 상태다. 애초에 쉽게 구할 수 있었으면 복면 쓰고 비밀 경매에 참여하지도 않았을 거다. 상급 체술은 어디로 갔는지 찾을 수가 없었다.

"아참, 현석아. 이슈화는 안 됐지만 한국 정부에서는 이 일을 제법 심각하게 생각하고 있는 모양이야. 지원자를 받아서 슬레이어들로 이루어진 공권력 행사 단체를 만들 것 같아. 정확히 말하자면 경찰인력에 약간의 도움을 주는 거지. 유니온이."

"그럴 바에야 차라리 슬레이어를 경찰로 뽑는 게 낫지 않아요?"

"어느 슬레이어가 미쳤다고 경찰을 하겠어? 이젠 대기업 들어가는 것도 꺼리는 판국인데. 나라에서 현장 뛰는 경찰들을 제대로 대접해 줄 리도 없고."

"하기야 그건 그렇네요."

"그래서 용병 형식으로 인력을 빌려줄 텐데…… 내 생각엔 너도 참여하는 게 좋을 것 같다. 그냥 이름만 올려놓는 거야. 플래티넘 슬레이어. 네게 현장에서 뛰라는 말은 절대 하지 않아. 네 이름값이 있으니 슬레이어들도 조심할 테지. 네 이름값은 더 높아질 테고."

성형이 현석을 부른 이유는 크게 두 가지였다. 하나는 불법적으로 취득한 아이템인 '실드'를 현석에게 주기 위함이고 또하나는 플래티넘 슬레이어의 이름을 빌려달라는 것이었다. 단순히 이름만 올리는 것만으로도 공권력 향상에 큰 도움이 될 테니까.

현석이 그 제안에 대해 생각하고 있는데 성형이 덧붙여 말했다.

"전문 변호사들과 정부와의 계약을 검토할 거야. 너에게 어떠한 요구도 할 수 없도록 조치를 취해놓을게. 만약 네게 귀찮은 일이 생긴다면 유니온장 자리, 때려치운다."

"에이, 형님. 그렇게까지는 안 하셔도 됩니다만……. 저도 제법 명예 좋아합니다. 이름만 올려놓는 걸로 명예를 얻을 수 있으면 저한테도 손해는 아닌데요."

현재 한국 유니온은 소수의 '프리미엄' 이미지로 그 입지를 굳혀가고 있는 중이다. 일단 기본적으로 슬레이어들의 수준이 높고 거기에 대체 불가능한 슬레이어인 플래티넘 슬레이어까지 있다. 그러나 숫자가 1만 명이 채 안 된다. 그렇다 보니 한국 유니온의 이미지를 '프리미엄'으로 만들고 있는 거다. 그래서 노멀 던전의 던전 정보도 빠르게 공개했다. 언제나 '최초'라는 건 의미가 있는 거니까.

성형이 말했다.

"그래서… 네가 실드를 익히면 어떻게 되냐?"

"글쎄요."

현석은 성형이 실드를 언제 챙겼는지 모른다. 아이템을 드롭했다는 것 자체를 몰랐다. 만약 성형이 말하지 않고 스스로 익혔다면 아무도 몰랐을 거다. 스스로가 드러내지 않는 한. 그리고 실드는 아직 시중에 풀리지 않은 스킬북이다. 아마도 이 스킬북을 얻는 데엔 어떤 제한이나 단서가 있을 텐데, 예전의 그 7명이 열쇠를 쥐고 있는 듯했다.

'아, 어쩌면 미국 유니온에서 그 정보를 독식하기 위해 자살로 처리했나.'

여기까지 생각이 미쳤을 무렵, 성형이 말했다.

"무슨 생각을 그렇게 해?"

"아, 아닙니다. 실드는 아직 익힐 생각이 없어요."

"왜? 네가 익히면 스탯으로 인한 스킬 레벨 상승 때문에 엄청난 스킬이 될 텐데?"

현석이 씨익 웃었다.

"이왕에 익히는 거. 최대한 효율을 살려야죠."

＊　　　　＊　　　　＊

노멀 모드에 진입하고 클래스와 스킬들이 어느 정도 세분화되기 시작하면서 나타났던 클래스들 중에 '아이템 강화'와 관련한 클래스가 있다는 말을 들었다. 일정 스탯으로 인한 스킬레벨 상승 계단수가 정해져 있다면, 보다 높은 등급의 스킬북을 사용하여 스킬을 올리는 것이 현석에게 좋다고 할 수 있었다.

'업그레이드만 시켜놓고서 당분간 익힐 필요는 없겠지.'

지금은 노멀 모드다. 그리고 실드가 반드시 필요한 것도 아니다. 이러한 상황에서 차후 상위 모드에 진입하게 되고 더 높은 등급의 실드 스킬북이 드롭된다면 그걸 익히는 게 이익이다. 만약에 실드가 필요한 상황이 온다면 그때 익혀도 늦지 않을 일이고 말이다.

아이템강화 클래스를 가진 슬레이어들을 찾기란 그렇게 어렵지 않았다. 애초에 그들은 떡하니 가게까지 차려놓고 영업을 하고 있었으니까. 검색해 보니 바로 나왔다. 문제는 대기자가 너무 많아서 한참을 기다려야 한다는 것 정도.

'몬스터스톤을 사용하여 업그레이드 시킨다고 알고 있는데…… 몬스터스톤이 이렇게 흔해졌나?'

여전히 흔한 건 아니다. 하루에 드롭되는 그린스톤의 숫자라고 해봐야 끽해야 수십 개 수준이고 이들 중 대부분은 정부에 귀속된다. 던전이 클리어되면 100개가량의 물량이 나오기는 하지만 던전도 하루에 2개 발견되면 정말 많이 되는 거다. 옐로스톤의 경우는 더욱더 희귀한데, 현재까지는 트랩퍼가 찾아낸 '노멀 던전'에서만 보상으로 주어지는 몬스터스톤이었다. 인하 길드와 함께 차분히 던전을 클리어해 왔던 현석은 그걸 300개가량 갖고 있었고.

한국 전체에 풀린 옐로스톤 물량이 200개가 안 된다는 점을 감안하면 인하 길드가 가진 역량이 어느 정도인지 짐작될 만했다.

'결국 화이트스톤을 주로 이용한다는 소리인데.'

그린스톤을 사용하여 아이템이나 스킬북을 업그레이드하기에는 너무 부담이 크다. 개당 1억이 넘는 물건이니까 말이다.

'그린스톤이나 옐로스톤으로 강화한다하면 어쩌면 순서를 당길 수 있지 않을까?'

사람과 사람 사이의 일에 안 되는 건 거의 없다고 생각하는 현석이다. 정공법이 안 되면 편법이라도 쓰면 된다. 비겁한 짓일 수도 있으나 세상은 그렇게 정의롭기만 한 건 아니었고 현석 역시 그렇게 정의롭고 공의로운 사람은 아니었으니까.

한번 연락을 해봐야겠다고 생각하고 있을 무렵, 누군가 찾아왔다. 연락도 없이 누군가 불쑥 찾아왔는데 경찰이었다.

'경찰이라고……?'

현석은 괜스레 찔렸다. 아무리 플래티넘 슬레이어여도 법의 테두리를 벗어날 수는 없는 법이다. 물론 저번에 PK는 어쩔 수 없는 경우였다 하더라도 일단 살인을 한 건 맞다. 그리고 불법으로 실드 스킬북까지 소유하고 있다. 찔리는 건 어쩔 수 없었다.

현석이 말했다.

"무슨 일이시죠?"

이야기를 나눠보니 PK나 불법 아이템에 관한 이야기는 아니었다. 놀라운 건 현재 이 사람이 서울경찰청장이라는 것이었다. 그쯤 되는 높은 사람이 아무런 언질도 없이 불쑥 찾아와 자신이 찾아온 것을 비밀로 해달라며 말을 꺼냈다.

말을 들어보니 성형과 같은 말을 하고 있었다. 슬레이어, 그중에서도 특히 무기를 소지한 슬레이어는 커다란 위협 대상이라고 할 수 있다면서 말을 시작한 그는 플래티넘 슬레이어가 경찰에게 도움을 주었으면 좋겠다고 말을 했다.

다만 성형의 말과 다른 점이 있다면 한국 유니온을 통해서 도움을 주는 것이 아니라, 경찰청과 직접 제휴를 하자고 제안해 왔다는 것이다.

'정치…'적인 계산이군.'

정치적인 계산이었다. 현재 플래티넘 슬레이어는 대중적으로 열렬한 지지를 받고 있다. 그러한 그에게 경찰청이 나서서 제대로 도움을 얻어낼 수만 있다면 대중들은 경찰청의 일처리를 확실히 지지하며 칭찬할 것이다.

그러한 효과뿐만 아니라 플래티넘 슬레이어는 독보적인 무력을 가지고 있으며 혼자서 전투 필드와 회복 필드는 물론이고 회복 및 보조 슬레이어의 스킬까지 구사한다. 경찰청장은 그러한 플래티넘 슬레이어가 치안 유지에 힘을 쓰고 있다고 알려지는 것만으로도 범죄를 계획하는 슬레이어들이 움츠러들 정도의 효과가 있을 거라고 생각했다.

이 얘기를 성형과 나눠봤는데 성형은 오히려 찬성했다.

"어차피 네가 한국 유니온에 소속되어 있다는 것만으로도 한국 유니온의 위상에 커다란 영향을 끼쳐. 그냥 네가 우리 소속이라는 것만으로도 말이야. 우릴 통해서 경찰인력에 파견되나 네가 직접 나서나 우리로서는 그렇게 큰 문제가 되지 않아. 차라리 경찰청과 직접 제휴를 맺어 네 힘을 빌려준다고 한다면 네게 이득이 되는 조건들을 저쪽에서 제시해줄 수 있겠지."

"아무래도 경찰청 독단은 아닌 것 같아요. 세금을 깎아주고 신분을 철저히 비밀로 부쳐주겠다는 약조를 하더라고요."

유현석이 아닌, 플래티넘 슬레이어의 이름을 빌리겠다고 했다.

"그것뿐만 아니라 네가 스스로 직접 움직이고 싶다고 생각하지 않는 한, 움직이지 않겠다는 조항도 확인해야지. 네 움직임에 자유를 둬야 해. 너는 전적으로 갑의 위치에 있으니까. 다만 한 번 정도는 네가 직접 움직여서 슬레이어들의 범죄를 단속해도 괜찮다고 본다. 네 이름값이 더 올라갈 거고 지금 당장은 아니어도 언젠가 큰 도움이 될 거야."

"안 그래도 그 소리도 하더라고요. 제 이름값에 대한 얘기인데……."

*　　　*　　　*

현석은 경찰청과 제휴를 맺기로 했다. 한국 유니온 소속의 다른 슬레이어들과는 별개로 플래티넘 슬레이어는 직접 경찰청과 협조하여 슬레이어들이 일으키는 강력 범죄에 관한 한 공권력을 행사할 수 있게 되었다.

발표는 이렇게 됐다.

〈증가하는 슬레이어들의 범죄. 그들을 막기 위해 슬레이어들이 나섰다!〉

〈발 빠르게 움직인 경찰청. 플래티넘 슬레이어와 직접 제휴를 맺어.〉

〈플래티넘 슬레이어, 결코 크지 않은 수익에도 공익을 위해 움직여.〉

〈플래티넘 슬레이어. 사회의 정의를 위해 발 벗고 나서다!〉

공익을 위해 움직인 건 아니다. 어차피 현석이야 플래티넘 슬레이어의 이름만 빌려주는 거다. 그리고 몬스터스톤에 매겨지는 세금도 철폐됐다. 물론 이 사실은 공표되지 않았다.

어차피 정부의 입장에서는 플래티넘 슬레이어가 한국에 남아 있어야만 했다. 그리고 그들은 미국 유니온이 스카웃비로만 3천억을 제시했다는 걸 알고 있었다. 정부에서도 나름대로 생색을 내기는 해야 했다.

그래서 선택한 것이 세금 철폐였다. 단, 충격 수치가 1만을 넘어가는 몬스터에 대한 세금만 철폐됐다. 다른 몬스터들은 다른 슬레이어들도 조심히 잘 슬레잉하면 얼마든지 슬레잉이 가능하기 때문에 형평성에 지나치게 어긋난다고 주장했다.

사실상 싸이클롭스와 자이언트 터틀을 제외하면 충격 수치 1만을 넘는 몬스터는 거의 없다시피 했으니까 현석에게 딱히 유리한 조항이라고 하기는 힘들었다. 하지만 그건 정말로 근시안적인 판단이다.

'충격 수치 1만은… 언젠가는 분명 넘어설 거야.'

슬레잉이 본격적으로 시작된 지, 기껏해야 1년이 조금 지났을 뿐이다. 처음에는 공포의 대상이었던 오크와 트윈헤드 오크가 이제는 그래도 '위험한 돈벌이 수단' 정도로 격하되었다는 것을 생각하면 얼마 지나지 않아 충격 수치 1만을 넘는 몬스터들이 등장하게 될 것이다. 그리고 그 몬스터들이 드롭하는 몬스터스톤은 훨씬 더 높은 가치와 높은 세금을 가질 테고.

현석은 생각에 빠져들었다.

'충격 수치 1만의 몬스터라… 언제쯤 새로운 몬스터들이 등장하지?'

어차피 생각한다고 해서 언제 몬스터들이 등장하는지 알 길은 없었다.

다음 날 아침. 충격적인 소식들이 들려오기 시작했다. 새로운 몬스터가 나타난 건 아니었다. 더욱 강한 몬스터가 나타난 건 아니었는데 상황은 그보다 훨씬 심각했다.

〈충격! 주요 대도시에 대단위 오크무리 출현!〉
〈일반인 사망자 500여 명. 부상자는 수천 명을 헤아려.〉
〈군부대 즉각 대응! 시민들 공포에 떨어.〉
〈군 당국. 유니온과 협조하여 오크 떼를 막아내다.〉

오크 무리는 군부대와 슬레이어들의 협조를 통해 어찌어찌 대응이 가능했다. 슬레이어들은 정부와 협조하여 몬스터 웨이브를 막아냈다. 사망자들도 많이 발생했지만 그린스톤도 그만큼 많이 드롭됐다. 하루가 지나고 이틀이 지나고 또 사흘이 지나면서 몬스터 웨이브 시 나타나는 오크의 숫자는 점점 더 줄어들어 이제는 그다지 위험이 되지 않는 수준까지 이르렀다.

그런데 문제는 얼마 지나지 않아 발생했다.

〈오크 떼의 습격에 이은 트윈헤드 오크들의 습격!〉
〈충격과 공포를 넘어선 경악! 사망자 수 400여 명!〉
〈정부와 한국 유니온. 즉각 대책 마련에 나서.〉

시민들은 공포에 떨게 됐다. 오크까지는 괜찮다 치더라도 이번엔 트윈헤드 오크다. 아주 좋게 봐줘서 트윈헤드 오크까지도 괜찮다고 한다 하더라도, 이런 추세면 그보다 상위 급 몬스터들이 떼를 지어 쳐들어올 수도 있다. 한국 전체에 비상이 걸렸다. 산도 아니고 대도시에 떼를 지어 출몰하는 건, 시민들의 공포는 물론이거니와 도시가 마비되기 때문에 경제적 손실도 엄청나다고 볼 수 있다.

밤이 되면 트윈헤드 오크 떼는 갑자기 사라졌고 그 다음 날 아침 6시가 되면 어김없이 나타났다. 군부대가 대응에 나섰지만 트윈헤드 오크 떼는 전멸하지 않았다.

〈대책 마련에 굼뜬 무능한 정부!〉
〈대도시에 나타나는 괴물 떼. 이른바 몬스터 웨이브 현상이라 명명!〉

사실상 정부의 잘못이 있다고는 보기 힘들었다. 몬스터 웨이브는 천재지변과도 비슷한 것이었으니까. 트윈헤드 오크가 떼로 몰려들자 슬레이어들도 더 이상 나서지 않게 됐다.

〈군 당국, 트윈헤드 오크 떼의 출몰에 속수무책!〉

군이 나름대로 선전하여 트윈헤드 오크 떼를 사살하고는 있지만 워낙에 피해가 커서 그 공적이 크게 알려지질 않았다.

〈침묵하는 유니온과 슬레이어들. 그들은 무얼 하고 있나!〉
〈무능한 정부를 대신하여 유니온에 나서야 할 때.〉

유니온은 공익단체가 아니나 약간의 공익성은 지니고 있다. 사람들은 정부보다는 유니온에 기대를 걸었다. 하지만 유니온이라고 해서 달리 뾰족한 수가 있는 건 아니었다.

서울은 굉장히 넓다. 그 넓은 곳 중 한 군데에서 몬스터 떼가 출몰한다. 어디서 나타나는지 미리 예상이라도 할 수 있다면 어찌어찌 대응이라도 해볼 법한데, 출몰 지역이 매번 바뀌었다.

이 말은 대응이 무척 어렵다는 뜻이고 일정 수준 이상의 피해는 입을 수밖에 없다는 소리다.

모든 기사가 몬스터 웨이브에 관한 내용으로 가득 찼다.

〈아비규환의 서울. 사망자수 계속해서 늘어.〉
〈시민들 공포에 떨며 밤잠을 설쳐.〉
〈공포의 몬스터 웨이브. 악몽은 언제 끝날 것인가!〉

그러던 찰나, 한국 유니온으로부터 현석에게 연락이 왔다.

—현석아, 몬스터 웨이브의 비밀! 드디어 알아냈다!

*　　　　　*　　　　　*

이른바 몬스터 웨이브라 명명된 괴현상.

처음에는 오크 수백 마리가 떼를 지어 몰려들었다. 그에 슬레이어들과 군병이 힘을 합쳐 막아냈다. 오크가 모두 소탕되는가 싶더니 그 이후엔 트윈헤드 오크가 쳐들어왔다. 일이 이렇게 되자 슬레이어들이 슬그머니 발을 빼기 시작했다. 트윈헤드 오크가 물론 엄청나게 강한 개체라고 하기에는 힘들었지만 그 수가 수십, 수백에 이르면 너무 위험하다.

성형이 말했다.

"그러니까 각 도. 그중에서도 인구밀집도가 일정수준 이상 지역 기준으로 동, 서, 남, 북의 끝 부분. 거길 기점으로 하루에 한 번씩 나타난다는 거야. 시각은 모두 오전 6시. 사라지는 시각은 오후 6시. 그러니까 12시간 동안 웨이브로 휩쓸고 지나가는 거지."

웨이브는 규칙적으로 아침 6시에 시작됐고 또 6시면 사라졌다. 그 많던 몬스터가 갑자기 나타났다가 갑자기 사라지는 거다. 시간이야 애초부터 알고 있었다.

"시각뿐만 아니라 장소에도 일정한 규칙성이 있군요."

"그래, 몬스터 웨이브가 발생하고 있는 지역은 총 5곳. 너도 알다시피 서울, 인천, 경기도, 충청도, 전라도야. 아직 발표는 하지 않았어. 아마 정부에서도 내일까지 이 규칙이 들어맞는지 확인하고 발표하게 될 거야."

"요즘 정부 욕 많이 먹더라고요."

사실상 몬스터 웨이브가 정부 탓이라고는 하기 힘들지만 그래도 대중들은 누군가에게 책임을 지우고 싶어 했고 당연하게도 그 대상은 정부가 되어버렸다. 정부라고 몬스터 웨이브를 막기 싫을 리 없다. 오히려 적극적으로 나서서 막고 싶다. 개중에는 일부러 몬스터 웨이브를 안 막는다는 여론까지 등장하고 있어서 답답한 지경이란다.

성형이 말을 이었다.

"아무래도 유니온과 군이 협조해서 막아내야 할 것 같다."

"그런데 난도가 계속해서 높아지면 어떡하죠?"

처음에는 오크, 그 다음은 트윈헤드 오크다. 그렇다면 그 다음은 트롤. 또 그 다음은 트윈헤드 트롤이 될 가능성이 높았다. 성형은 흐음, 하고 침음성을 삼켰다. 유니온이라고 해서 딱히 대응책이 있는 건 아니었다. 유니온이 내세울 수 있는 가장 커다란 방책은 플래티넘 슬레이어를 내세우는 건데,

플래티넘 슬레이어가 아무리 강해도 몸이 5개는 아니다. 어느 정도의 피해는 감수할 수밖에 없는 부분이다.

"우리 측에서 부대를 5개로 나눌 거야. 상위 30퍼센트의 인원들만 추려서."

"다들 거기 협조한대요?"

"다는 아니겠지. 그래도 생각해봐. 1억 5천만 원이 떼로 걸어 다니고 있어. 수십, 수백 마리라고는 해도 이쪽은 군이 엄호할 테고 그중 몇 개만 집어도 인생 피는 거야. 상위 급 슬레이어라면 트윈헤드 오크, 아니, 트롤쯤 되더라도 죽을 염려는 그렇게 많지 않아. 위험하면 도망치면 되니까. 둘러싸여 죽는 경우만 아니라면 괜찮을 거야."

"하긴… 군과는 입장이 다르죠."

슬레이어는 위험하다 싶으면 도망치면 된다. 군인처럼 상명하복 관계의 슬레이어가 있는 것도 아니다. 군이라면, 위에서 명령을 내리면 죽음을 각오하고서라도 싸워야 하지만 슬레이어는 아니다. 그 점이 슬레이어들을 불러 모을 수 있게 만들어주었다.

천재지변 같은 몬스터 웨이브 때문에 공포에 질렸던 사람들은 희망 가득한 소식을 들을 수 있었다.

〈군 당국과 유니온! 몬스터 웨이브의 비밀을 파헤치다!〉

〈몬스터 웨이브의 규칙성을 찾아내 반격 준비.〉

〈한국 유니온, 5개의 대부대 편성. 3천여 명의 상위 급 슬레이어. 대기 완료.〉

〈육군 병력 7만여 명 대기 완료.〉

몬스터가 생겨날 때에는 공간의 일렁거림이 있다. 몬스터 웨이브라고 해도 그건 마찬가지다. 그리고 그때에 타격하는 것이 슬레잉을 쉽게 만들어 준다. 그때에 일렁거리는 공간을 타격하면 몬스터에게도 대미지가 들어간다는 것이 밝혀졌기 때문이다. 비록 그 시간은 몇 초 정도밖에 되지 않지만 그 순간에 화력을 집중하면 많은 피해를 입힐 수 있을 것이라 예상했다.

〈상급 슬레이어 3천여 명. 약 600명씩 조를 이루어 몬스터 웨이브 시작지점 대기 중.〉

〈아침 6시, 결전의 순간이 다가오다!〉

한국의 뉴스는 물론이고 세계 언론이 한국을 주목했다. 한국에서 일어나고 있는 현상은 머지않은 미래에 자신들에게도 일어날 일이다. 몬스터 웨이브에 의해 한국이 입은 피해는 그야말로 엄청났다. 민간인 사상자는 물론이고 재산상의 피해도 몇천억은 우스울 거라는 전망이었다.

〈서울에는 단 하나의 길드 편성. 과연 옳은 처사인가!〉

〈600여 명이 아닌 6명. 어째서 이러한 편성이 이루어졌는가!〉

〈플래티넘 슬레이어가 움직인다!〉

이번에 무턱대고 욕을 하는 사람들은 없었다.

상식적으로 600명이 갈 자리에 6명이 가는 건 말이 안 되는 일이다. 그러나 이제 알 만한 사람들은 안다. 플래티넘 슬레이어가 속한 길드가 움직이는 거다. 인터넷상에서 괴담처럼 떠돌던, 그러니까 오크를 툭 치니 툭 죽고, 트윈헤드 오크를 턱 치니 턱 죽고, 트롤을 퍽 치니, 퍽 죽는다.

이런 말도 안 되는 이야기가 어느덧 제법 신빙성 있는 이야기가 된 지 오래다. 그런 무력을 지닌 슬레이어가 있다면 오히려 다른 지역에 힘을 더 쏟아붓는 게 낫지 않겠냐는 여론이 지배적이었다.

"그거 들었어? 서울에는 부대가 아니라 겨우 6명의 슬레이어가 배정됐다던데……"

"플래티넘 슬레이어가 포함되어 있는 전력이잖아."

"아니, 그렇다고는 해도 트윈헤드 오크가 수십, 수백 마리가 넘는데 너무 과도한 자신감 아니야?"

"싸이클롭스도 혼자서 잡았는데?"

"하지만 강한 거 한마리보다, 약한 거 여러 마리 잡는 게 더 힘들 수도 있잖아. 전투 필드인가? 그걸 펼치는 시간도 한계가 있다며? 체력도 떨어질 테고."

당연히 걱정하는 사람들도 있었다. 특히 당사자라 할 수 있는 서울 지역의 시민들은 뜬 눈으로 밤을 지새웠다고 해도 과언이 아니었다.

한편, 현석은 육군중장 문창석과 만남을 가졌다. 희끗희끗한 머리카락과 얼굴 가득한 주름은 그가 살아온 세월을 증명해 주는 듯했다. 코가 큰 편이었고 부리부리한 눈을 가졌는데 과연 수십만 장병위에 군림하는 중장다운 당당한 기세가 느껴졌다. 그가 먼저 손을 내밀었다.

"반갑습니다. 육군중장 문창석입니다."

"아, 예. 반갑습니다."

현석은 사실 조금은 위축됐다. 아무리 그가 플래티넘 슬레이어이고 엄청난 능력을 지녔다고는 해도 수십만 장병들 위에서 군림하는 장성급 인사의 몸에 배어 있는 리더 특유의 위엄을 갖고 있는 건 아니었다. 나이도 20살 이상 어렸고.

"소문은 익히 들었습니다. 이번 작전, 잘 부탁드립니다. 한국 유니온에서도 확신하더군요. 600명의 팀보다는 6명의 특공대가 나을 거라고."

작전의 개요는 이러했다. 일렁거림이 시작됨과 동시에 헬기와 탱크를 동원해 화력을 쏟아붓는다. 그렇게 몬스터들의 실드와 H/P를 깎아낸 다음, 그 화력을 뚫고 접근하는 몬스터들을 인하 길드에서 처리하는 식이었다. 별로 어려울 것은 없는 작전이었다.

아침 6시가 다가왔다.

CHAPTER 5

아침 6시. 대한민국은 물론이고 세계가 숨죽이며 이 시간을 기다린 가운데, 드디어 작전이 시작됐다.

쿠과과광—!

공간의 일렁거림과 동시에 화력이 집중됐다. 이미 이 일대의 주민들에겐 대피령이 떨어진 상태다. 흡사 천둥이 치는 것 같은 거대한 소리와 함께 땅이 울렸다. 몬스터를 상대할 때에 최첨단 정밀유도무기는 오히려 좋지 않다. 가성비가 안 맞는다. 대신 화력이 강한 재래식 무기를 쏟아붓는다.

그래도 트윈헤드 오크까지는 기관총으로도 사냥이 가능하

다. 더 상위 급 몬스터인 트롤도 기관총 하나로는 조금 힘들지만, 그래도 기관총의 숫자가 많아지면 실드를 깰 수 있다. 그러나 지금은 기관총 수준이 아니다. 시커먼 연기가 피어오르고 매캐한 화약 냄새가 주위를 휩쓸었다. 공공재 파괴를 감수하고서라도 큰 피해를 입히기 위해 화력을 집중했다.

전국의 5개 도시에서 동시다발적으로 이루어진 일이고, 오후 12시가 되었을 때쯤. 사람들은 희망적인 소식을 들을 수 있었다.

〈한국 유니온과 한국군의 절묘한 콤비네이션!〉
〈공포의 몬스터 웨이브, 군의 화력 앞에 무너지다.〉
〈한국군의 엄청난 화력 앞에 몬스터 웨이브도 무용지물!〉

몬스터 웨이브에 대한 대대적인 대항은 이번이 처음이라고 할 수 있었다.

'이건 작은 승리에 불과해.'

사실상 이번에 현석은 별로 한 일이 없다. 몬스터가 튀어나오는 걸 잡아야 하는데, 예상외로 한국군의 화력이 상당히 강했고 트윈헤드 오크들은 군에 의해 대부분 시체가 되어버렸다.

사람들이 둘 이상 모이면 모두 그 얘기였다.

"평소엔 못미더워도 할 땐 하잖아?"

"화력 쏟아붓는 장면 공개됐잖아. 그거 봤어? 장난 아니던데."

"그래. 어려울 땐 또 해내는 게 한국이지."

군에 대한 칭찬이 대한민국 전역을 휩쓸었다. 군도 이번 작전을 대대적으로 선전하고 나섰다. 군의 기세가 살아났으며 이 몬스터 웨이브로 인하여 오히려 현 정부에 대한 지지도가 높아졌다는 건 여담이다.

현석도 솔직히 말했다.

"대단하군요. 현대 무기라는 건……."

육군중장 문창석은 흡족한 얼굴로 웃었다. 그럴 만했다. 군이 적극적으로 소탕에 나선 결과, 슬레이어들이 별로 할 일도 없이 몬스터가 소탕되었으니까. 그것도 단 한 마리도 남김없이 전멸시켰으며 심지어 민간인, 아니, 군에서도 사망자는 한 명도 발생하지 않았다.

문창석은 흡족하게 웃다가 이내 표정이 어두워졌다.

"운이 좋았습니다. 다만… 이런 식의 소모전이 언제까지 계속될지……."

지금 아주 잠깐, 승리에 취해 있는 건 좋았다. 아마도 다음 몬스터 웨이브가 발생하기까지 약 18시간 정도가 남아 있으니까. 다음 출몰 예상지역으로 이동하는 와중에 라디오를 들었는데, 대부분의 언론이 군과 정부의 훌륭한 대응에 찬사를 보내고 있었다. 시민들과의 인터뷰도 마찬가지였다. 시민들도 잔뜩 흥분하여 역시 대한민국이라며 엄지손가락을 추켜올렸다.

어떤 시민은 이렇게 인터뷰하기도 했다. 잔뜩 흥분한 목소리였다.

—몬스터 웨이브가 언제까지 이어질지는 모르지만… 이렇게만 간다면 슬레이어들은 필요 없을 수도 있겠는데요?

그 인터뷰를 듣는 문창석의 입가에 미미한 미소가 걸렸다. 그도 사람이다. 한국군을 칭찬하고 있는데 기분이 나쁠 리가 없었다.

현석은 아무도 모르게 피식 웃었다.

'이제 육군중장의 어깨에 힘이 조금 들어갔네.'

뭐랄까. 숨기려고는 하는데 티가 나는 게 나름대로 귀엽다고나 할까. 그러나 마음이 편치만은 않았다.

'그래. 아직까진 좋아. 막말로 트윈헤드 트롤까지는 어떻게든 가능할 거야. 그러나 싸이클롭스라면? 자이언트 터틀은?'

과연 그것들까지 나올지는 아직 미지수다. 그러나 그것들은 현대 무기에 엄청난 내성을 지니고 있다.

'그것들이 나타나지 않기를 바라야지.'

그나마 다행인 건, 그 다음 날에도 트윈헤드 오크가 나타났다는 거다. 숫자는 전 날에 나타난 것과 거의 비슷했다. 이미 한 번 경험해 봤다. 군은 슬레이어의 도움을 거의 받지 않고 트윈헤드 오크를 모조리 전멸시켰다. 군에 대한 지지도가 더욱 높아졌다. 그런데 한국 유니온에서 뜻밖의 소식을 전해왔다. 공식적인 발표는 아니었고 최상위 급. 그러니까 5개의 부대의 리더격이라 할 수 있는 슬레이어들에게만 알려진 사실이다.

―현대 무기를 사용하여 죽인 몬스터는 몬스터 웨이브에 나타나는 몬스터의 숫자에 영향을 끼칠 수 없는 것 같다는 미국 유니온 분석팀의 연락이 있었습니다. 아직 정확한 정보는 아니니 유출은 하지 않았으면 좋겠습니다. 다만 각 팀을 이끄는 리더분들께서는 각각 슬레잉하는 트윈헤드 오크의 숫자를 조절하여 이 가정을 확인시켜 주시면 좋겠습니다.

미국 유니온 분석팀의 연락이란다.

한국 유니온에서는 딱히 그 사실을 숨기지 않았다. 한국 유니온이 질적인 프리미엄을 추구하고는 있지만 그건 어디까지나 '인간'에 대한 프리미엄이다. 즉, 슬레이어 개개인이 강하다는 거지 그 외의 다른 부분들에 있어서 미국 유니온을 따라가려면 아직도 갈 길이 멀다. 기본적인 세력자체가 엄청나게 차이 났으니까.

각 부대는 군과 협의하여 슬레이어가 슬레잉하는 몬스터의 숫자를 도시별로 할당하여 조절해 봤고 그 결과는 놀라웠다.

엄청나다면 엄청난 소식이었다.

〈충격. 현대 무기로 살상한 몬스터. 반드시 리젠되어 나타나.〉

〈슬레이어가 슬레잉한 몬스터의 숫자만큼 사라진 트윈헤드 오크.〉

약 3일간에 걸쳐서 실험을 해본 결과, 미국 유니온 분석팀의 가정이 맞다는 결론이 나왔다. 현대 무기로 죽인 몬스터의 경우, 다음 날이면 다시 나타났다. 슬레이어가 죽인 숫자만큼 차감되어서 말이다.

그렇다면 처음 웨이브 시 오크 떼가 사라지게 된 배경도 어느 정도 설명이 가능하다. 슬레이어와 군이 협조를 하여 조금씩 숫자를 줄여갔고, 슬레이어가 일정 숫자 이하까지 오크를 사살하게 되자 그 다음 단계인 트윈헤드 오크가 나타났다고 보면 될 거다.

어쨌든 군이 몬스터를 죽이는 건 소용이 없다는 것이 밝혀졌다.

〈군의 엄호사격을 바탕으로 한 슬레잉이 진행되어야.〉

〈군의 화력은 몬스터 웨이브 앞에 무용지물.〉

〈이제는 슬레이어들이 나서야 할 때.〉

이젠 슬레이어들이 나서야 한다는 목소리가 높아지기 시작했다.

* * *

어제는 북쪽에서 나타났다. 그렇다면 오늘은 동쪽이다.

현석은 숨을 골랐다.

'내일도 역시 트윈헤드 오크겠지.'

웨이브를 어떻게 막아야 하나를 고민했다. 생각은 오래가지 않았다. 어차피 막아야 하는 거 빠르게 끝내는 게 좋다. 처음 일렁거림이 나타날 때, 최대한 많이 죽여야 했다. 짧은 그 몇 초 사이에 현석이라면 최소 10마리 이상은 잡을 수 있을 테니까.

그런데 여기서 의견이 갈렸다. 육군중장 문창석이 말했다.

"안 될 말입니다. 물론 당신이 강하다는 것은 충분히 알고 있지만 혼자 보낼 수 없습니다."

"괜찮습니다. 설사 트윈헤드 트롤이라고 해도 그 공격은 제

방어를 못 뚫어요. 아무리 크리티컬 샷이라 해도요."

"먼저 화력을 집중하여 실드를 어느 정도 무력화시켜 놓는 것이 합당하다고 생각합니다."

'아니, 그게 아니라니까!'

현석은 목소리를 높일 뻔했다. 실드를 깎아놓든 아니든 어차피 한 방이다.

'이리 치나 저리 치나 어차피 한 방인데.'

그럴 바에야 일단 먼저 들어가서 후려치는 게 훨씬 낫다. 이건 창석과 현석의 입장이 다르기 때문에 나타나는 의견 차이였다.

현석의 경우, 그의 목적은 최대한 빠르고 효율적으로 몬스터 웨이브를 클리어하는 데에 있다. 그러나 문창석의 경우 그의 목적은 최대한 피해 없이 몬스터 웨이브를 무력화시키는 데 있다. 얼핏 보면 같은 얘기지만 자세히 들여다 보면 전혀 다른 얘기다.

"현석 씨의 몸은 하나입니다. 제아무리 빠르게 처리한다고 해도 분명 놓치는 개체들이 있을 겁니다. 그 놓친 개체들은 분명 흩어지겠죠. 그러면 화력을 집중하기 힘듭니다. 완전히 무력화시키기 전에 흥분한 트윈헤드 오크들은 건물 및 도로 등 공공재에 상당한 피해를 입힐 겁니다. 혹시라도 시가지에 들어가면 시민들이 다칠 수도 있습니다."

피해가 없을 수는 없다. 현대 무기의 화력을 집중해서 한 번에 처리한다고 하더라도, 몬스터만 골라서 공격할 수는 없었다. 주변에 당연히 피해를 입힌다. 공공재가 파괴된다는 소리다. 하다못해 가로수라도.

'내가 놓친 트윈헤드 오크들이……. 공공재를 망가뜨린다, 이건가.'

문창석의 주장은 현대 무기로 일부분 사살하고 또 일부분은 현석에게 맡겨 몬스터 웨이브시 나타나는 트윈헤드 오크의 숫자를 차차 줄이자는 것이었다.

현석이 말했다.

"하지만 그렇게 여러 번 나누어서 공격을 하면, 그만큼 작은 피해가 계속해서 발생하는 것 아닌가요? 어차피 현대 무기로 살상한 몬스터는 계속해서 리젠되니까. 아마 작은 피해가 누적된다는 것도 고려해야 할 겁니다."

순간, 거기까지는 생각하지 못했는지 문창석은 잠깐 입을 다물었다.

"하지만… 큰 피해 하나보다 작은 피해 여럿이 나을 수도 있습니다."

"제가 최대한 빠르게, 또 숨 가쁘게 움직이면 초반에 수십 마리 이상을 싹쓸이할 수 있습니다."

의견은 좀처럼 좁혀지지 않았다. 얘기를 얼마간 더 나누다가 문창석이 말했다.

"잠깐… 휴식하도록 하죠."

어차피 아직 몬스터 웨이브가 발생하기까지 시간이 있었기 때문에 회의를 잠시 멈추었다. 그 와중에 현석은 한국 유니온에 연락을 넣었다. 조금 안 풀리고 복잡한 일이 있으면 한국 유니온에 시키는 것이(?) 최고다.

현석의 얘기를 들은 성형은 약간 다른 의견을 내놓았다.

─아마도 군의 위상 때문에 어쩔 수 없을 거야. 군에게 있어서는 중요하거든. 네가 먼저 투입해서 놓친 잔챙이들을 그들이 잡는 것과, 그들이 먼저 처리하다가 남은 것들을 네가 처리하는 것은 분명 다른 문제니까. 너는 개인이라 어떻게 되든 상관없지만 그들은 국민들의 지지와 칭찬이 필요하거든. 그들한테는 쇼맨십이 필수야.

"아, 그 부분은 제가 잠시 놓치고 있었네요."

현석은 어떻게 되든 그렇게 큰 상관은 없다. 다만 여러 번 움직여야 하는 것이 귀찮고 힘들 뿐. 그런 관점에서 보자면 군에 협조하는 것이 그렇게 나쁜 선택지는 아니라고 생각했다.

─육군 중장과의 자존심 싸움이라고 해도 괜찮아. 이미 몇 차례 언쟁 아닌 언쟁이 오갔다며? 이번에 한 수 접어주고 들어가면 너를 아래로 볼 가능성이 높아. 그들은 그런 것에 익

숙한 위계질서 사회를 살아가는 사람들이니까. 사실상 그들과 네 계급을 비교할 수는 없겠지만 내 개인적으로 너는, 육군 중장보다 훨씬 더 높은 위치라고 생각한다. 너무 고분고분 상황 봐주고 들어주면 너를 쉽게 볼 수도 있어. 이번뿐만 아니라 나중에 먼 미래를 봐서라도 네가 위에 서는 게 맞다고 본다.

성형이 거기까지 말을 하고서 약간 숨을 돌렸다.

—하지만 네가 직접적으로 마찰을 일으키지 않는 게 좋겠어. 그 문제는 유니온 측에서 처리하도록 할게. 너는 좋은 이미지를 갖고 가자. 너는 유니온의 간판 스타고 네 이미지는 곧 한국 유니온의 이미지니까. 군의 기를 죽이면서, 네 위상은 떨어뜨리지 않으려면……. 이런 자질구레한 일은 유니온에서 맡는 게 나아.

성형과의 전화통화가 끝났다.

*　　　　*　　　　*

문창석이 말했다.

"윗선에서 얘기가 나왔습니다. 플래티넘 슬레이어를 먼저 투입하도록 결정이 났습니다."

"아, 그래요?"

현석은 성형의 일처리 속도를 보고서 내심 감탄했다. 문창석의 경우, 제법 담담하게 말을 하고는 있는데 그렇게 기분이 좋아 보이지는 않았다.

문창석은 겉으로는 티를 내지 않으려 노력했지만 속으로는 상부를 욕했다.

'군이 놀고 있었다는 평가를 받고 싶은 건가? 도대체 무슨 생각이야?'

이러한 문제도 있었고,

'실제로…… 저 슬레이어가 아무리 대단하다 하더라도 저 사람이 말한 것처럼 수십, 수백 마리를 순식간에 사냥할 수는 없다. 인간인 이상 그건 불가능해. 오크도 아니고. 무려 트윈헤드 오크다. 분명 많은 숫자를 놓칠 거다. 어쩔 수 없어. 그리고 흥분한 트윈헤드 오크들은 공공재에 커다란 피해를 입히겠지. 젠장, 이 작전 맡는 게 아니었는데.'

군은 잘하면 당연한 거고 조금 칭찬받는 수준이지만, 못하면 엄청나게 욕을 먹는다. 그러니까 잘하는 것보다는, 못하지 않는 게 중요하다. 여기서 못하지 않는 것의 의미는 피해를 최대한 줄이는 거다. 큰 피해 하나보다는 자잘한 피해 여럿이 낫다. 그게 임팩트가 약하니까.

'제기랄… 저 슬레이어가 유니온 측에 뭐라 말을 넣은 모양인데.'

상황이 이렇게 되자 조금 화도 났다. 거의 대부분 명령을 내려온 위치의 그다. 명령을 내리는 것에 익숙하고, 아랫사람들이 자신의 말을 듣는 것에 더더욱 익숙한 삶을 살고 있다. 이런 상황은 당연히 기분 나쁘다. 자신의 주장이 묵살된 셈이니까.

　'어디…… 얼마나 잘하나 두고 보자.'

　차라리 이렇게 된 거 마음 같아선 일부러 더 많이 놓쳐서 피해를 많이 입혀 버리고 싶은 오기까지 생길 정도였다. 물론 절대 그럴 수는 없지만 심정이 그렇다는 말이다. 문창석은 겉으로는 담담하게 웃었다. 현석에게 잘하라고, 플래티넘 슬레이어의 위용을 한 번은 보고 싶었다며 응원까지 해줬다. 그러나 속은 썼다.

　'제 아무리 잘해봐야 일개 개인이다. 그래. 얼마나 강한지 두고 보겠어.'

　현석 혼자서 솔로잉을 진행한다는 사실이 알려졌다. 군을 배제하고, 그가 직접 나서는 이유는 간단했다. 슬레이어에 의한 슬레잉. 그것이 몬스터 웨이브의 리젠 현상을 막는 방도였으니까. 그리고 그것을 위해 플래티넘 슬레이어가 나섰다.

〈플래티넘 슬레이어. 몬스터 웨이브에 맞선 솔로 슬레잉 도전!〉

〈오전 6시. 솔로 슬레잉의 시간이 다가오다!〉

〈플래티넘 슬레이어. 솔로 싸이클롭스 슬레잉에 이어 새로운 전설을 쓸 수 있을 것인가!〉

＊　　　　＊　　　　＊

세간의 평가가 어떠하든 간에 군 내부에서는 우려의 목소리가 높았다. 사실상 이번 일이 엄청나게 잘 풀려서 플래티넘 슬레이어가 모든 트윈헤드 오크들을 처리한다면, 그건 그것 나름대로 문제다. 그런데 일이 제대로 안 풀려서 많은 트윈헤드 오크를 놓친다면 그것도 또 문제다. 이러나저러나 문제가 되는 상황이다.

군인들은 몬스터 웨이브를 직접 눈앞에서 목도했다. 그렇다 보니 걱정이 안 되려야 안 될 수가 없다.

"중장님, 정말 괜찮겠습니까?"

"위에서 명령이 내려온 거야. 따라야지."

"그래도 저희가 지원사격을 먼저 해놓는 것이 낫지 않겠습니까? 물론 플래티넘 슬레이어가 강하다는 건 알지만……. 그래도 개인입니다. 손바닥으로 하늘을 가릴 수는 없지 않습니까?"

현석이 앞으로 나섰다. 곧 6시다. 현석은 노멀 모드에 들어선 이후로 전력을 다해 싸워본 적이 단 한 번도 없었다. 더 정확히 말하자면 '전력으로 공격해 본 적'이 단 한 번도 없었다고 말하는 게 옳을 것이다. 가장 강했던 몬스터인 싸이클롭스를 잡을 때에는 방어에 신경 쓰면서 공격을 했어야만 했고 자이언트 터틀을 잡을 때에는 반탄력 때문에 주의를 하면서 싸워야만 했다. 그런데 이번 같은 경우는 다른 건 신경 쓰지 않고 오로지 공격에만 신경 쓰면 된다.

군인들은 자신이 트윈헤드 오크의 무리에 둘러싸여 크리티컬 샷에 얻어맞는 것을 걱정하고 있는 모양이지만 현석은 전혀 걱정하지 않았다. 애초에 하루살이나 트윈헤드 오크나, 현석에게는 거기서 거기인 난이도다. 1+1이나 2+2나 어차피 쉽다.

6시.

공간이 일렁이기 시작했다. 오늘도 어김없이 몬스터 웨이브가 시작됐다. 현석이 그 공간 사이로 뛰어들었다. 이때가 최대의 기회다.

'멋진 모양새 따윈 포기하자.'

현석은 복싱을 배우고 있는 중이다. 그래 봤자 많은 시간을 투자한 것도 아니고, 어린 시절부터 배워온 것도 아니라서 잘하지는 못한다. 운동 신경이 좋은 편이기는 하나 아직 복서라고 말하기엔 어폐가 있었다. 그래서 프로복서들처럼 빠르고 정확하고 간결하기까지 한 공격을 구사하지는 못한다. 그렇게 하나하나 주먹을 뻗는 건 현석에게 너무 느리다.

"저… 저건 도대체 뭐… 뭡니까?"

"뭐, 뭐하는 거야?"

상황을 주시하던 군인들이 하도 어이가 없어 입을 쩍 벌렸다. 어떤 군인은 두 눈을 비벼보기까지 했다. 플래티넘 슬레이어라기에 뭔가 엄청난 것을 기대했다.

문창석은 속으로나마 신음성을 냈다.

'저, 저것이 공격이란 말인가?'

이건 도무지 이해가 안 된다. 적어도 공격이라 함은 손이나 발. 그것도 아니면 적어도 머리를 사용하여 무언가를 때리는 시늉이라도 해야 하는 거다. 적어도 창석은 그렇게 생각했다. 그런데 현석은 두 팔을 양 옆으로 벌리고 허리를 꼿꼿이 세운 채 일렁이는 공간 사이를 마구 달리고 있었다. 문창석이 황급히 무전을 쳤다. 아무래도 플래티넘 슬레이어에게 무언가 문제라도 생긴 것 같았다.

"무, 무슨 문제라도 있습니까?"

현석은 공격에 신경 쓰느라 무전에 답하지 못했다. 무전에 답하느라 1, 2초 허비하느니 조금이라도 더 열심히 달리는 게 낫다.

문창석은 당황했다.

'제, 젠장……. 아니, 그래도 무슨 문제가 생긴 건 아닌 것 같은데.'

그러고 보니 사전에 어떻게 공격하겠다는 얘기가 오간 건 아니었다. 실제로 현석도 이런 방법을 방금 떠올렸다. 다들 공격이라 하면 주먹질, 혹은 발길질을 생각한다. 현석도 마찬가지였다. 그런데 생각해 보니 그것만 공격은 아니었다.

어차피 트윈헤드 오크는 '공격 의사가 담긴 몸짓'에 죽는다. 숨 쉬면 죽는다는 말이 그렇게까지 과장이라고는 할 수 없을 정도다. 공격 의사를 가진 채로 일단 신체 접촉이 일어나면 공격이 되는 거다. 그리고 그 접촉에 트윈헤드 오크는 거의 즉사한다. 애초에 격이 너무 다르다. 괜히 현석의 무위를 목격한 사람들이 숨 쉬면 죽는다, 라고 표현하는 게 아니다. 물론 대중들은 어느 정도 과장이 되었다고 생각하고 있지만 절대 과장이 아니었다.

현석은 최대한 팔을 양 옆으로 벌리고 몸동작을 가능한 한 크게 하면서 열심히 달렸다. 정말 맘먹고 열심히 달리자 그 속도는 일반인과는 비교도 할 수 없었다.

"빠, 빠르다……!"

비록 우스꽝스러운 모습으로 달리고는 있으나, 엄청나게 빠르긴 했다.

'이, 인간이 저런 속도로 움직이는 게 가능해?'

'어떻게 저런 자세로 저런 속도가…….'

그나마 거리를 두고 살펴봐서 그렇지 가까이에서 본다면 더 더욱 빠르게 느껴질 터였다. 올 스탯 슬레이어가 몸의 면적을 최대한 넓게 만들어 몇 초 동안 열심히, 구석구석 달린 결과는 참으로 놀라웠다. 부사관들은 엄청나게 놀랐다.

"이, 이건 말도 안 돼!"

장교들도 놀랐다.

"이, 이게 무슨……"

장군인 문창석은 더더욱 놀랐다.

'숨쉬면 죽는다는… 그 말은 유언비어가 아니었던가!'

보통 몬스터 웨이브 시 리젠되는 몬스터의 수는 약 80여 마리에서 120여 마리 정도로 집계되고 있다. 아마 오늘도 그랬을 것이 분명했다. 보고를 담당하고 있던 대위 하나가 떨리는 목소리로 말했다.

"새… 생존한 트윈헤드 오크의 수 약 8마리… 입니다!"

그리고 첨언했다.

"여, 여든 마리가 아닌, 여, 여덟 마리입니다."

그리고 몇 초 뒤, 다시 말했다.

"생존한 트윈헤드 오크… 없습니다! 전멸했습니다."

단 한 명의 슬레이어에게, 불과 20초도 안 되는 그 짧은 시간동안 트윈헤드 오크의 몬스터 웨이브가 궤멸했다. 발바닥에 불이 나도록 열심히 달린 현석은 거친 숨을 몰아쉬었다. 정말 열심히 뛰었다. 전투 필드를 펼친 상태에서 이렇게 힘 빠지게 달린 적은 처음이었다.

하종원이 뒤에서 투덜거렸다.

"에이씨……. 나도 민첩 좀 올릴걸."

그리고 한마디 덧붙였다.

"야! 나도 두 마리 잡았다! 나도 꽤 강했어!"

*　　　　*　　　　*

솔로 싸이클롭스 슬레이어, 플래티넘 슬레이어는 바로 현석을 일컫는 말이다. 거기에 하나가 더 추가됐다. 솔로 몬스터 웨이브 디펜더.

순식간에 트윈헤드 오크 수십 마리를 그야말로 지워 버린 그 엄청난 무용담에 한국은 물론이고 전 세계가 시끌시끌해졌다.

〈플래티넘 슬레이어의 위엄!〉
〈단신으로 몬스터 웨이브를 격파하다!〉
〈몬스터 웨이브 디펜더! 그의 또 다른 이름!〉

뉴스 속보들이 쏟아져 나왔고 플래티넘 슬레이어에 대한 지지도와 인기는 하늘 높은 줄 모르고 치솟았다. 물론 현석 혼자서 한 건 아니다. 그 자리에는 인하 길드원들이 있었다. 전날 밤, 현석의 연락을 받고 민서도 도착해 있었다.

　현재 인하 길드는 파티 시스템으로 묶여 있다. 던전과 관련한 보상에 있어서는 거리가 어떻게 되든 상관없이 보상을 공유한다. 그런데 그 법칙이 일반 필드에서도 적용되는 건 아니었다. 아직까지 일반 필드에서는 파티 시스템이 적용되어 있지 않고 있다. 일반 필드에서 업적을 공유하려면 같은 전투 필드 내에 있어야 한다.

　현석이 펼치는 전투 필드는 그 반경이 굉장히 넓었으며, 소수라고 할 수 있는 인하 길드원들을 전부 포함할 수 있었다. 즉 보상은 인하 길드원 전체가 함께 받았다는 소리가 된다. 그러나 스포트라이트를 받는 건 플래티넘 슬레이어였다.

　하종원은 못내 억울한 듯 투덜거렸다.

　"와… 원래는 이 인기가 다 내 거였었는데."

　현석이 피식 웃었다. 하종원은 지금 '억울한 척'하고 있으나 현석의 성공에 진심으로 기뻐해 주고 있었다. 입가가 씰룩거리는 것이 조금만 건드리면 함박웃음을 터뜨릴 기세다. 그런 주제에 현석에게는 자꾸 쫑알거렸다.

　"아씨, 내 인기 다시 돌려줘!"

"그렇게 말하면 안 되지. 원래 내 인기였는데, 여태까지 네가 뺏어간 거잖아."

"헹!"

현석도, 종원도 그 사실을 안다. 종원도 딱히 할 말은 없었는지 토라진 척 코웃음을 쳤다. 그러다가 문득 생각난 듯 말했다.

"그나저나 이게 결코 불가능한 업적이었구나. 30초 내에 몬스터 웨이브 격파라는 건."

"시스템이 참, 딱 떨어지는 숫자를 좋아해. 10, 20, 30, 100, 200, 300처럼."

현석은 이번 몬스터 웨이브를 거의 단신으로 막아냈다. 그것도 30초 만에 끝내 버렸다. 비록 모양새는 그리 아름답지 않았지만 말이다. 어쨌든 몬스터 웨이브를 단신으로 막아냈고 그 것은 '결코 불가능한 업적' 판정을 받았다.

'애초에 불가능이란 단어 속에는 결코도 포함되는 거잖아.'

라고 생각을 하긴 했지만 어쨌거나 '결코 불가능한 업적'은 '불가능한 업적'보다 상위 등급의 업적임에는 틀림없었다.

그 단적인 예로,

'불가능한 업적을 10회 쌓아야만 생겼던 불가능을 개척하는 자 칭호가 업그레이드되다니.'

불가능을 개척하는 자의 칭호가 +1로 업그레이드 됐다. 기본적으로 불가능한 업적을 10회 쌓아서 생겨난 칭호라면, 아무리 적게 잡아도 불가능한 업적을 10회 이상 쌓아야만 업그레이드되는 것이 상식이다. 그렇다면 '결코 불가능한 업적'은 아무리 최소한으로 잡아도, 불가능한 업적 10회보다 상위등급의 업적이라는 소리다. 정확히 파악하기는 힘들어도 이번에 획득한 그린스톤이 80개다. 모든 트윈헤드 오크가 그린스톤을 드롭하는 것은 아니니까 어림잡아 120여 마리의 트윈헤드 오크가 나타났다고 볼 수 있었다. 광역 스킬이 있는것도 아닌데 그 많은 수의 트윈헤드 오크들을 쓸어버렸다.

'이런 식으로 몇 번 하다 보면……. 광역 스킬이 생길지도 모르겠어.'

현석은 기분이 무척 좋았다. 불가능을 개척하는 자의 칭호 효과는 현재 남은 잔여 스탯을 100퍼센트 증가시키는 것이었다. 물론 그 효과가 칭호를 획득했을 때의 잔여 스탯에 한해 1회만 증폭된다는 것이 아쉽기는 하지만.

그런데 +1이 되자 이번엔 100퍼센트가 아니라 200퍼센트였다. '불가능을 개척하는 자'의 칭호 효과는 일반 슬레이어들이 알면 난리가 날 정도로 엄청난 효과다. 물론 이러한 칭호가 있다고 해서 그 칭호를 얻을 수 있을 리는 만무하지만 말이다.

'잔여 스탯이 원래 83이었는데……. 그럼 이제 249이군.'

잔여 스탯이 무려 249가 됐다. 현재 힘 스탯은 칭호 효과로 인해 367이다. 만약 잔여 스탯 전부를 힘에 투자한다고 하면 600이 넘는 힘을 가질 수 있다.

'600이면……. 하드로 넘어갈 수 있는 조건이 되지 않을까?'

그게 답답하다. 스탯이 어느 정도가 되었을 때 강제 전향이 되는지 알 수가 없다. 차라리 100, 200, 300, 400처럼 계속 딱딱 떨어지면 좋겠는데 그것도 아니었다.(힘 300일 때 하드 모드로 강제 전향 되지 않았으니까.)

마음만 먹으면 힘도 600을 찍을 수 있는 현석의 고충(?)을 아는지 모르는 지 민서가 싱글벙글 웃었다. 민서는 굉장히 기쁜지 애교 가득한 목소리로 또 말했다.

"오빠, 오빠가 불가능을 개척하는 자 칭호였었지?"

"그래."

"그럼 나는 뭐게?"

현석은 피식 웃었다.

"벌써 3번은 넘게 말했다. 그렇게 좋냐?"

"응. 좋아!"

비단 민서만 좋은 게 아니었다. 인하 길드원은 생각지도 못했던 엄청난 수확에 다들 활짝 웃었다.

민서가 콧노래를 불렀다. 음정, 박자같은 건 아무래도 상관없는 듯했다.

"룰루, 룰루랄라~ 나는야~ 불가능에 도전하는 자라네~!"

저리도 좋을까 싶어 현석은 피식 웃었다.

'나도 칭호 효과를 다시 한 번 살펴볼까.'

약간씩은 변화가 있었다. 칭호들이 갱신됐다. 기존의 벌 슬레이어, 오크 슬레이어 등이 사라지고 그 자리를 그보다 상급 몬스터인 자이언트 터틀과 싸이클롭스가 채웠다.

(자이언트 터틀 슬레이어) ─체력 10, 민첩이 10 증가합니다.

(싸이클롭스 슬레이어) ─힘 30. 민첩 30 증가합니다. 또한 슬레이어 칭호 외에 별개의 칭호로,

(불가능을 개척하는 자 +1) ─불가능한 업적 10회 달성. 보너스 스탯─ 잔여 스탯의 200%

가 생겼고 덕분에 잔여 스탯이 총 249가 됐다. 현재 가장 높은 힘 스탯이 367이고 가장 낮은 스탯인 지성이 206스탯. 비전투 스탯으로 정력 스탯이 186이다. 참고로 정력 포인트가 100이 넘어가면서 정력 포인트에 의한 페널티는 사라졌다. 정력 스탯과 상관이 있는지는 모르겠으나 아침마다 불끈불끈 솟는다.

"오빠, 오빠, 오빠야. 내일도 몬스터 웨이브 막으러 갈 거지?"

"그래."

당연했다. 팔 벌리고 열심히 뛰면 돈이 들어오는 몬스터들이 떼로 널렸다. 그 한 번에 수십억을 벌 수 있었다. 그야말로 걸어 다니는 돈 덩어리들이라 할 수 있었다. 심지어 업적도 '결코 불가능한 업적'이라 보너스 스탯이 50이 들어온다. 무조건 가야만 한다. 약 20~30초 동안 팔 벌리고 열심히 달리면 업적 포인트와 돈이 마구 굴러온다.

그런데 기사는 조금 이상하게 났다.

〈살신성인의 플래티넘 슬레이어. 지친 몸을 이끌고 전장을 나서다!〉

〈연속 3일 동안 이어지는 강행군. 슬레이어들, 플래티넘 슬레이어의 희생정신을 본받아야!〉

사람들은 플래티넘 슬레이어에 대한 환상을 더욱 크게 가지기 시작했다.

현석 일행은 몬스터 웨이브가 발생한 5개 지방을 차례로 돌아다니면서 쓸어버렸다. 현재로서는 가장 안전하고 빠르게 몬스터 웨이브를 저지할 수 있는 수단이 바로 플래티넘 슬레이어였으니까 말이다.

5개 지방의 웨이브를 막아내고 나자 웨이브가 멈추게 됐다.

처음에는 긴가민가했는데 몬스터 웨이브 종료 시점으로부터 무려 5일간이나 몬스터 웨이브가 나타나지 않았다.

5일 정도가 지나서야 그에 대한 기사가 쏟아져 나왔다. 아직 몬스터 웨이브가 끝나지 않았을지도 모른다는 걱정을 담은 기사들도 있기야 했지만 현석에 대한 찬사가 대부분이었다.

플래티넘 슬레이어에 의해 몬스터 웨이브가 끝났다는 그 기사들에 의해 플래티넘 슬레이어의 이름값이 하늘 높은 줄 모르고 치솟았다.

CHAPTER 6

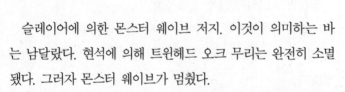

　슬레이어에 의한 몬스터 웨이브 저지. 이것이 의미하는 바는 남달랐다. 현석에 의해 트윈헤드 오크 무리는 완전히 소멸됐다. 그러자 몬스터 웨이브가 멈췄다.

　그에 여러가지 가정이 나왔는데 그중 가장 설득력이 있는 가정은 일정 숫자 이상의 몬스터를 슬레이어의 힘으로 처리하게 되면 몬스터 웨이브가 멈춘다는 것이었다.

　확실하게 밝혀진 것은 아니었으나—애초에 과학의 영역이 아닌만큼 확실한 것은 없다—서울 외 다른 지역에서도 이러한 공식이 먹혀들었다.

현석이 속한 인하 길드는 하루에 한 군데씩 돌아다니며 몬스터 웨이브가 일어나는 전국 5곳의 웨이브를 저지했고 덕분에 전국의 몬스터 웨이브는 일단 종지부를 찍게 됐다.

온몸을 바쳐가며 시민들을 위해 살신성인했다고 오해받고 있는 현석은 생각했다.

'몬스터 웨이브가 이번 한 번만 있는 건 아니겠지.'

몬스터 웨이브. 이것은 결코 일회성이 아닐 거다. 몬스터가 계속해서 생성되고 던전이 생겨나고 또 진화해가는 것처럼 몬스터 웨이브도 덕분에 더욱 난도가 높아지고 더욱 강해질 거다.

그러나 그에 대한 대비책이 어느 정도 마련된 셈이다.

'슬레이어의 힘이 더욱 강해지겠어.'

몬스터 웨이브는 슬레이어에 의해 저지되어야만 했다. 그러지 않고서는 어차피 다람쥐 쳇바퀴 굴리듯 계속해서 이어지게 된다.

물론 현대 무기의 화력에 의한, 슬레이어 보조도 상당히 힘이 되는 것은 사실이었으나 그래도 결국 마침표를 찍는 건 슬레이어의 힘이다 보니 현대 사회에서 슬레이어들의 영향력이 더욱 커졌다고 할 수 있겠다.

'유니온에서 그걸 협상하고 있다고 했는데…… 아직 소식이 들리려면 멀었나?'

어쨌거나 이번 몬스터 웨이브는 잠잠해진 듯했다. 오크와 트윈헤드 오크. 그러니까 이지 모드 규격의 몬스터 웨이브는 끝났다.

통상적인 노멀 모드 규격의 몬스터라 할 수 있는 트롤이나 트윈헤드 트롤이 나타나지 않은 것은 조금 의아스럽기는 했지만 다행은 다행이었다. 현석도 이제 어느 정도 여유가 생겼다.

예전부터 생각해 왔던 것을 실행에 옮기기로 했다.

'아이템 강화.'

아이템 강화 상점은 이미 성황리에 인기를 누리고 있다. 장사도 굉장히 잘됐다. 비록 슬레이어의 숫자가 그렇게 많다고는 할 수 없었으나 아이템 강화의 비용 자체가 몬스터스톤의 1/10 수준이다 보니 강화 클래스의 슬레이어들은 돈을 꽤 많이 번다는 소문이 돌고 있었다.

M/P가 허락되는 한 쉴 새 없이 스킬을 사용하여 스킬 레벨업도 하고, 그들에겐 이게 경험치가 되니 레벨업도 할 수 있고 돈도 벌 수 있다. 일석 삼조다.

서울 홍대에 위치한 아이템 강화 스토어 폴리네트.

그곳에는 3명의 강화 슬레이어가 상주하며 장사를 하고 있다.

폴리네트를 운영하는 3명의 슬레이어는 모두 남자였는데 그중 맏이의 이름은 중식이었다. 언제나처럼 중식은 바쁜 하루를 보내고 있었는데 막내인 민호가 헐레벌떡 뛰어왔다.

"혀, 혀, 혀, 형님, 중식 형님!"

때마침 화이트스톤을 활용한 아이템 강화를 성공리에 끝마친 중식이 '역시 나의 실력은 대단해'라고 스스로를 칭찬하고 있다가 자리에서 일어섰다.

"뭐야? 뭔데 그렇게 호들갑이야?"

"그… 그… 그러니까……."

"아니. 말을 해봐. 왜 그러냐니까?"

막내인 김민호가 숨을 겨우 진정시키고서 말을 했다. 그랬더니 이번엔 중식이 기함을 토했다.

"뭐, 뭐라고? 미, 미친……. 장난하지 마라 인마!"

"아니. 진짜라니까요? 진짜예요! 진짜! 진짜! 진짜!"

도무지 믿을 수 없는 그 사실에 중식은 인상을 잔뜩 찡그렸다.

"혹시 사기 아니냐?"

"아니, 어떻게 그걸로 사기를 쳐요. 사기를 친다 하더라도 우리가 칠 수 있겠죠. 저쪽에서 아이템을 안 주면 그만인데 사기는 무슨."

"아니, 민호야. 그러니까 네 말은 옐로스톤을 가지고 강화를 하겠다는 사람이 나타났다고?"

"아오! 몇 번을 말해요!"

"아니, 그게 말이 안 되잖아. 상식적으로 생각을 좀 해봐라. 옐로스톤이 얼마짜린데 그걸 가지고 강화를 해?"

이건 있을 수 없는 일이다. 그린스톤을 가지고 강화를 하는 사람도 거의 없는 판국이다. 있다고 해봐야 골드 등급의 슬레이어들뿐인데, 강화의 효력이 '엄청나게 뛰어나다'라고는 할 수 없는 판국에 그들도 그린스톤을 허투루 허비하지는 않는 편이었다. 그린스톤이 어디 한 두 푼 하는 물건이던가. 하나에 1억 5천이다. 폴리네트에서 1번 강화(줄여서 1강)에 받는 돈은 몬스터스톤 시세의 1/10이다. 그러니까 그린스톤을 사용하여 강화하면 스킬 한 번 쓰고 1,500만 원을 번다.

폴리네트의 3인방은 호들갑을 떨었다. 예약이 이미 많이 밀려 있다지만 그건 아무래도 중요한 게 아니었다. 정말로 옐로스톤으로 강화를 한다고 한다면 이건 VIP 중에서도 알아 모셔야 할 VVIP가 아닌가.

"적어도 우리가 확보한 골드 등급 슬레이어의 인상착의와는 다른데요."

"대리자를 내세웠을 수도 있지. 장사 한두 번 하냐? 우리가 확인해야 할 건 그게 진짜 옐로스톤인지 아닌지를 구별하는 거야."

"옐로스톤은 물론이고 듣도 보도 못한… 뭐였더라? 실드? 실드 스킬북을 강화한대요."

그들은 현석이 플래티넘 슬레이어일 거라고는 상상도 못했다. 아예 그쪽으로 상상 자체를 못했다. 플래티넘 슬레이어는 대한민국, 아니, 전 세계에서 딱 한 명 있는 슬레이어다. 그러한 슬레이어와 살면서 실제로 만날 확률이 얼마나 되겠는가. 하다못해 널리고 널린(?) 연예인도 평생 한 번 보기 힘든데 말이다. 일단 한 번, '혹시 플래티넘 슬레이어가 아닐까'하고 의심을 해봤다면 그 즉시, 플래티넘 슬레이어라는 걸 알아차릴 법도 했지만 그들은 아예 그쪽의 가능성은 생각지도 않았다. 원래 한 번 생각을 못하면 오랫동안 알아차리지 못하는 법이다.

그리고 확인 결과,

"이, 이럴 수가. 진짜로 옐로스톤을 활용해서 스킬을 강화시키겠다는 말씀이신가요?"

옐로스톤이 맞았다. 그리고 처음 보는 스킬북까지 갖고 있었다. 안 그래도 귀한 스킬북인데 '실드' 스킬북은 처음 본다.

현석이 말했다.

"예, 무슨 문제라도?"

"아, 아뇨. 저희가 가진 스킬을 활용하면 옐로스톤을 통한 레벨 업은 가능합니다. 그… 저희의 능력으로는 딱 옐로스톤까지 가능하거든요."

그 말은 즉, 싸이클롭스를 잡았을 때 나왔던 레드스톤을 활용한 아이템 강화는 현재 이들이 가진 능력 범위 밖이라는 소리다.

"어쨌든 옐로스톤으로는 가능하다는 소리시군요."

"예. 그러나 성공 확률이 100프로는 아닙니다. 1강은 100프로, 2강은 70프로, 3강은 50프로 입니다. 3강까지는 아이템 손실이 이루어지지 않지만 4강 이상부터는 아이템이 파괴될 확률도 있습니다. 현재까지 저희가 작업 가능한 업그레이드의 수는 5강까지입니다."

주저리주저리 설명을 많이 했다. 얼마나 당황했는지 설명에 두서가 없었다. 요약하자면 옐로스톤은 무지하게 비싼 것이니 다시 생각을 해보라는 내용이었다.

"그냥 해주세요."

현석이 생각하는 옐로스톤의 가치와 중식이 생각하는 옐로스톤의 가치에서 오는 괴리감이 두 사람의 대화를 어렵게 만들었다. 현석에게 옐로스톤은 엄청난 보물이라고 하기에는 힘들었다.

중식이 침을 꿀꺽 삼켰다.

'이, 이 사람 도대체 정체가 뭐냐!'

이번 몬스터 웨이브를 막아내면서 획득한 그린스톤의 수가 무려 300개가 넘는다. 인하 길드가 획득한 그린스톤이 아니라, 현석이 개인이 획득한 그린스톤의 숫자가 그렇다는 소리다. 이걸 얻는 데 겨우 5일 걸렸다. 그것도 하루 30초 정도 투자해서 말이다. 그러니까 정확히 말하자면, 이동 시간을 제외하고 150초 정도 걸렸다.

"저희가 아직 설명을 안 드린 모양인데, 1강에 스톤 10개가 필요합니다. 2강에는 업그레이드 통상 30개~50개 정도가 필요하고 3강에는 확률에 따라 다르지만 100개 정도가 소비됩니다."

어차피 확률 싸움이기 때문에 확실하게 몇 개라고 말은 하기 힘들었지만 통계적으로 그렇다는 소리다. 보통 3강까지 강화를 하려면 넉넉하게 200개는 있어야 한단다.

현석은 편하게 생각했다.

'던전 한두 군데 깨면 되네.'

현재까지 상급 탐색을 익힌 슬레이어의 숫자는 두 명이다. 적어도 현석이 아는 한도 내에선 말이다. 바로 이채림과 이명훈. 이채림의 경우는 타 길드 소속이기는 하지만 일단 히든 던전을 발견하면 현석을 무조건 불렀다. 명훈의 경우는 애초에 같은 길드이니 현석이 클리어하는 게 당연했다.

던전이 발견되는 날도 있고 발견되지 않는 날도 있지만 그래도 평균적으로 1주일에 2~3개 정도의 던전을 클리어하고 있다. 히든 던전을 클리어하면 옐로스톤 100개가량이 주어진다. 물론 던전 시스템의 기여도에 따른 차등 분배 원칙에 따라 대부분 현석이 가진다. 현석에게는 별거 아닌 물량이다.

중식은 침을 꿀꺽 삼켰다.

'표, 표정 하나 안 변해? 어지간한 강심장으로는 안 되는데……'

중식에게 있어서 옐로스톤 200개는 억 소리 나는 엄청난 보물이다. 아니, 억 소리 나는 보물이 아니라 실제로 억이다. 그것도 무려 400억. 일반 사람들은 평생 놀고먹을 수 있는 돈이다. 중식이 생각하기로 만약 자신에게 400억이 있으면 강화에 투자하는 게 아니라 그냥 떵가떵가 놀 것 같다.

'재, 재벌가의 무제한 스폰이라도 받고 있는 건가?'

현석은 조금 의아했다.

'강화가 그렇게나 어려운 작업인가? 스킬만 사용하면 끝 아니었어? 강화에 시간은 좀 걸린다지만……. 지나치게 당황하는데?'

현석은 중식이 말을 더듬고 당황해하는 것을 강화의 어려움 때문이라고 생각해 버리고 말았다. 둘 다 오해했다. 어쨌든 강화는 성공했다. 소모된 옐로스톤은 총 160여 개.

폴리네트의 3인방은 문 앞까지 나와 90도로 허리를 숙이며 또 이용해 달라며 굽실거렸다. 이번에 의뢰비가 원래의 정책상으로는 무려 30억 원이었으나 폴리네트가 그렇게 큰돈을 받을 수 없다면서, 특별 세일이라고 조금만 받았다. VVIP를 잡기 위한 서비스였다. 현석은 그린스톤 5개를 지불했다. 약 7억 원이 넘는 엄청난 돈이다. 적어도 폴리네트의 3인방에게는 말이다.

중식이 얼빠진 듯 중얼거렸다.

"그 사람… 대리자가 아니라 슬레이어야."

"M/P를 회복시켜 주는 스킬…….. 보통은 안 익히지 않나요?"

"그렇지. 자기 M/P 많이 소모시켜서 다른 사람 M/P 조금 회복시키는 건데 그런 엄청 비효율적인 스킬을 누가 익히냐? 바보들이나 익히지 그런 쓸데없는 건."

"방금 저 사람 익혔잖아요. 그것도 한 방에 우리 M/P를 풀로 채웠잖아요."

그 말도 안 되고 비효율적인 예가 방금 지나갔다.

보통 M/P를 채우는 스킬은 안 익힌다. 효율성이 안 좋기 때문이다. 그러나 현석은 효율성이 통용되는 예가 아니다. 피통도 크고 엠피통도 크다. 현석 정도의 절대량을 가진 슬레이어가 스킬을 사용하면 애초에 효율성을 따질 필요가 없다. 현석의 M/P를 조금만 소모하면 어지간한 슬레이어의 M/P는 가득 찬다.

막내인 민호가 넋 나간 듯 중얼거렸다. 그 사람이 멀어지고 나자 그제야 좀 떠올랐다.

"호, 혹시 플래티넘 슬레이어 아닐까요?"

"서, 설마……."

세 사람이 망부석처럼 그 자리에 굳어버렸다. 말도 안 되는 일을 자꾸만 만들어내는 한 사람이 떠올랐다. 솔로 싸이클롭스 슬레이어이자 솔로 몬스터 디펜더인 그 사람 말이다.

"프, 플래티넘 슬레이어가 왔다 갔어."

"혀, 형님 이건 대박입니다!"

"뭐가?"

"생각해 보세요. 앞으로 이제 강화 클래스 슬레이어들이 점점 늘어날 겁니다. 이미 많이 늘어났고요! 근데 우리 가게는 플래티넘 슬레이어가 왔다 갔어요! 무려 플래티넘 슬레이어라니까요?"

실제로 강화 클래스의 슬레이어들이 조금씩 늘어나고 있는 추세다. 앞으로는 더더욱 늘어날 거다. 그런데 자신의 가게에 플래티넘 슬레이어가 왔다 갔다.

"이거 대박입니다. 얼른 홍보하고 소문내죠!"

동종 업계 1위, 전 세계 매출 1위, 보유 강화 클래스 슬레이어 숫자 1위, 보유 강화 클래스 슬레이어 실력 1위의 미래의 글로벌 대기업 폴리네트가 글로벌 대기업으로의 첫발을 내디뎠다.

* * *

현석은 나름대로 고민에 빠졌다. 3강 실드 스킬북. 이것을 지금 익히는 것이 가장 좋은가, 아니면 좀 더 강화를 하거나 신체 능력치를 더 높인 다음에 익히는 것이 좋은가에 대한 결론을 쉽사리 내리지 못했다.

'급한 일은 없으니 잠시 보류하자.'

결국 실드 스킬북은 일단 현석의 인벤토리에 고이 모셔지게 됐다.

'몸이나 풀어볼까?'

현석은 복싱을 배우고 있는 중이다. 결코 실력이 좋다고 할 수는 없지만 특유의 운동 신경을 바탕으로 열심히 하고 있다.

체육관에 도착해 운동을 시작하려는 찰나, 한 여자가 말을 걸어 왔다.

"안녕하세요?"

'내게 의도적으로 접근해 온 것 같은데.'

*　　　　*　　　　*

여자의 이름은 차희선이라고 했다. 현석이 다니는 체육관은 젊은 사람들이 제법 많이 다니고 있고 그중 대다수가 남자였다. 그래서 여자가 체육관에 오게 되면, 일단 기본적으로 주목을 받는다. 그런데 그 여자가 예쁘거나 몸매가 좋기라도 하면 더더욱 관심을 끌게 된다. 그런데 몸매와 외모—여기서 의미하는 외모란 얼굴—를 전부 갖추면 관심을 끄는 정도가 아니라 관심이 폭발한다.

그런 의미에서 차희선은 '오늘' 주목받게 된 여자였다. 그 말은 즉, 그녀는 오늘 체육관에 처음 왔다는 소리다. 그녀는 제법 적극적이었다. 성격이 굉장히 활발하고 속된 말로 '끼를 부리는 것'에 타고난 듯 보였다.

이를테면 여자를 꼬이는 데에 상당히 능숙한 현석과 비슷한 부류라고나 할까.

차희선이 현석에게 먼저 다가가 인사를 했고 자세를 알려달라며 은근슬쩍 스킨십을 해왔다. 물론 현석도 잘하는 수준이 아니어서 제대로 알려주지는 못했지만 이런저런 얘기를 하면서 금방 친해졌다. 새로운 여자와 친해지는 건, 현석에게 굉장히 쉬운 일이었고 그녀 역시 같은 부류인 듯했으니까.

결국 운동을 마친 뒤, 다른 남자 회원들의 부러움과 질시 어린 시선을 받으며 차희선과 밖으로 나섰다. 간단하게 저녁만 먹기로 하고는 2차로 술집까지 와버렸다. 시간은 저녁 8시. 그리 늦지 않은 시간. 간단하게 맥주라도 한잔 하자고 와서는 소주를 시켰다.

차희선이 당당하게 소주를 마시는데, 술이 제법 강한 듯했다. 덧붙여 그녀는 담배도 핀단다. 비흡연자인 현석 앞이라서 안 피고 있는 거라고 했다. 나이는 스물다섯.

"저기, 그런데 현석 오빠는 원래 인기 많지 않아요?"

"네가 할 말은 아닌 것 같은데."

"하긴, 어제도 고백 받았어요."

"그럴 거 같더라니."

현석은 피식 웃었다.

'확실히 저 얼굴에 저 몸매. 게다가 저 성격이면 남자 후려도 여럿 후리고 다니겠네.'

자신감 넘치는 듯 말하면서도 현석과 눈을 마주치면 얼른 고개를 피하거나 눈을 피했다. 모르는 사람이 보면 정말로 부끄럽고 수줍어서 그러는 줄 알겠다.

'저런 동작들 하나하나가 굉장히 자연스럽고, 은근슬쩍 스킨십에도 능숙해.'

게다가 리액션도 굉장히 좋았다. 아무리 생각해도 별 재미없는 내용인데도 불구하고 까르르 웃어주고, 그러면서 또 중간중간 예쁜 눈웃음을 지으며 눈을 마주쳤다. 그리고 또 정작 정말 눈이 마주치면 얼른 시선을 피하기도 했고, 현석의 입술에 뭐가 묻었다며―실제로 묻었는지 확인할 길은 없지만―휴지로 입가를 닦아주기도 했다.

만약 현석이 여자에 내성이 없었다면 홀라당 빠졌을지도 모를 일이지만 현석은 여자에게 전혀 내성이 없는 부류가 아니었다.

'그러나…… 뭔가 위화감이 느껴진다.'

오히려 왕년에는 여자를 후리고 다녔다. 그게 자랑인 어린 시절도 있었다. 그렇다 보니 뭔가 이상함을 느꼈다. 뭐라고 탁 꼬집어 말하기는 힘든데, 그냥 느낌이 그랬다. 그리고 적어도 여자에 관한 한 그 느낌은 들어맞는 경우가 많았다.

'저 외모, 저 성격에 지나치게 쉽다.'

예쁘고 잘났어도 꼬이기 쉬운 부류가 있다. 이른바 애정결 핍에 걸린 여자들이 그렇다.

'그런데 그런 것 같지도 않아. 자신감이 충만하고 자존감도 높아.'

그도 아니면 남자와의 잠자리를 갈구한다거나.

'하지만 그런 기색도 아냐.'

물론 자신과의 잠자리를 원하는 건지, 원하지 않는 건지 지 금 당장 판단할 정확한 근거는 없었다. 이건 단순히 현석의 감이었다.

'뭔가 수상하네.'

현석은 결론을 내렸다. 그리고 마음을 굳혔다. 현석이 만약 20대 중반이었더라면 술을 마시면서, 어떻게든 희선과 섹스를 하기 위해 구슬리고 또 모텔이든 집이든 어디론가 데려갔을 거다.

그런 레퍼토리는 이미 현석의 머릿속에 저절로 입력되어 있다.

30대─비록 갓 30살이지만─에 접어들면서 여유가 많이 생겼다. 물질적, 재정적으로도 충분히 여유가 있고 자신감이 생기다 보니 희선이 아무리 외적으로, 성격적으로 잘났다 하더라도 지금 당장 섹스가 하고 싶어 미칠 것 같지는 않았다. 찝찝함을 안고서 달려들 만큼 그는 섹스에 목마르지 않았다.

그러다가 문득 구체적인 의문점이 떠올랐다.

'그리고 오늘 처음 만났는데 나에 대해서 지나치게 잘 아는 것 같은 기색이야.'

이야기를 조금 더 나눴다. 이야기를 조금 더 나눠 본 결과.

'나한테 호감을 가진 것 같기도 한데, 의도가 뭐지?'

처음에는 뭔가 의도를 갖고 접근한 것 같은데, 이제는 약간 호감을 가진 것 같았다. 그에 대한 반증으로,

"오빠 사실 나 슬레이어다?"

희선은 자신에 대해 조금씩 더 오픈했다. 희선의 말에 따르면 희선은 제법 잘나가고 있는 전투 슬레이어이고 그래서 돈도 꽤 많이 버는 능력 있는 여자, 정도가 되겠다. 저녁 10시가 되었을 때, 현석은 희선과 헤어지기로 했다.

희선과 잠자리를 가지려면 얼마든지 가질 수는 있는데, 역시 뭔가 찝찝함을 가지고 섹스를 하고 싶지는 않았다. 그렇게

까지 여자와의 섹스가 궁한 것도 아니고 무엇보다도.

'도대체 왜 나한테 슬레이어라는 걸 자꾸 강조했을까?'

이게 가장 중요했다. 그녀는 자신이 슬레이어라는 걸 밝혔다.

'중간중간 자신이 진짜로 슬레이어라는 걸 강조했었어. 게다가 한국 유니온 소속이라고. 보통 한국의 슬레이어면 한국 유니온 소속이겠지. 그걸 굳이 강조할 필요도 없고. 하지만 계속해서 강조하고 또 강조했지.'

뭔가 이상함을 느낀 현석이 화장실을 간다고 하고 차희선이라는 여성 슬레이어가 한국 유니온에 소속되어 있는가에 대해 한국 유니온에 문의를 넣었다.

한국 유니온은, 현석 직통 라인이 개설되어 있을 정도로 현석에게 신경을 많이 쓰고 있다. 당연히 현석의 문의에 즉각적인 답변을 내놓았다.

차희선이라는 슬레이어는 한국 유니온에 없다고 말이다.

'내게 뭔가… 힌트를 준 것 같은데.'

*   *   *

현석은 휴대폰으로 차희선의 얼굴 사진을 몰래 찍어 놨다. 차희선이라는 슬레이어가 없다는 것을 안 다음에 말이다.

성형이 말했다.

"글쎄 특별한 목적이 있었을까? 하기야 최상위 급 슬레이어
나 기관쯤 되면 네 얼굴이나 신상쯤은 이미 파악하고 있고 너
한테 어떤 목적이 있어 접근할 확률도 배제할 수는 없지."

"약간 흔들리긴 했는데……. 이 정도면 얼굴 식별이 가능할
거예요."

"이런 건 또 언제 찍었대?"

"처음부터 뭔가 느낌이 이상하더라고요. 근데 그 여자, 아
마 눈치 빠를 거예요. 제가 사진 찍는 거 알고 있었을지도 몰
라요. 엄청 숨어서 찍은 것도 아니고. 들켜봐야 예뻐서 찍었
다고 둘러대면 되니까 그냥 대놓고 찍었거든요. 제가 대놓고
찍으려고 할 때는 피하는 시늉이라도 하더니, 몰래 찍으니까
피하지 않더라고요? 뭔가 이상했어요."

"그런 거 하나하나 캐치하는 게 참 용하다. 종원이 말이 맞
네."

"종원이가 뭐라고 하던가요?" 하고 현석은 실실 웃었다.

만약 종원이 그 웃음을 봤다면 소름이 돋아 뒷걸음질 쳤을
지도 모를 일이다.

어쨌든 한국 유니온의 힘은 이전에 비해 훨씬 더 막강해졌
다.

미국 유니온과 같이 거대한 세력을 가진 것은 아니지만 몬

스터 웨이브가 지나가고 나서 슬레이어의 힘이 훨씬 더 강해 졌고 덕분에 유니온의 힘도 더욱 강해진 것이다. 유니온에서 나서서 여자의 신상에 대해 조사하다 보니, 충격적인 사실이 하나 밝혀졌다.

성형이 조금 심각한 얼굴로 말했다.

"그 여자, 죽었더라."

"뭐라고요?"

"이름도 본명이 아니었어. 본명은 엄희숙. 고아로 자랐다나 봐."

현석도 약간 머리가 멍해졌다.

'죽었… 다고?'

성형이 말을 이었다.

"그것도 어제 교통사고가 나서 죽었대. 네가 안 그래도 찝 찝하다며 문의를 했었던 여자가 그 며칠 사이에 시체로 발견 되니까… 더 찜찜해지네."

우연의 일치인지 아닌지는 확인할 길이 없지만 우연치고는 타이밍이 조금 묘했다. 현석이 중얼거렸다.

"교통 사고라……."

"타이밍이 좀 묘하긴 하지? 차라리 비밀로 찾을 걸, 너무 대 놓고 찾았나 봐."

성형이 쓰게 웃었다. 사실 별거 아니라고 생각했다. 그래서 그냥 가벼운 마음으로, 그래도 플래티넘 슬레이어의 의뢰니까 빠르게 진행하기 위해 대놓고 그 여자에 대해 조사했는데 그것 때문에 여자가 죽었을 수도 있다는 생각이 들었다.

현석이 말했다.

"아뇨. 형님 잘못이 아닙니다. 교통사고라면서요? 사실상 우연의 일치라고 하는 게 가장 맞겠죠."

"그렇다고 생각은 하는데… 좀 묘해서. 연고자도 하나도 없고. 그냥 딱 죽은 걸로 하고 너무 빠르게 일처리가 끝나 버렸어. 게다가 너에게 접근했었잖아. 너는 플래티넘 슬레이어고. 내가 너무 앞서 나가는 것 같기는 한데… 만에 하나라는 게 있으니까 얘기를 들어봐."

그냥 평범한 일반 사람이라면 그냥 지나쳐도 될 법한데, 현석은 일반 사람이 아니다. 전 세계에 단 한 명 있는 플래티넘 슬레이어다.

그의 가치는 실로 무궁무진하고, 가치가 높으면 그만큼 탐내는 사람이나 단체도 있을 수 있었다.

"네 힘을 노리는 어떤 단체가 있다고 생각해 봐. 적어도 네가 어떻게 힘을 얻었는지 궁금하겠지. 일반적인 방법으로는 네 힘을 갖는 게 불가능하니까. 그래서 너를 유혹해서 그 방법을 알아낼 수만 있다면. 아니면 또……."

한국 유니온은 물론 대단하다. 겨우 만 명도 안 되는 적은 숫자의 슬레이어로 이루어져 있지만 그 실력만큼은 최고라고 인정받고 있다.

그러나 대단하다고 해서 세상의 모든 일을 다 아는 건 아니다. 일례로 저번에 경매장을 덮쳤던 괴한들의 '실드' 스킬북에 대한 존재도 전혀 모르고 있었다. 세상에는 한국 유니온이 아는 것보다 모르는 게 더 많을 수도 있는 노릇이다.

"이건 정말 말도 안 되는 얘기지만……. 혹시 너를 조종이라도 할 수 있는 스킬 비슷한 것이 있다고 해봐. 그렇다면 당연히 너를 원하겠지."

"에이 형님, 너무 앞서 가신 것 같네요."

"나도 그렇다고 생각은 해."

그러나 역시 일리는 있는 말이다.

지금은 그 경향이 많이 줄어들었지만 현석은 원래 안전제일주의자다. '만에 하나'의 경우를 조심해서 나쁠 것은 없었다. 현석은 초인이긴 초인이되 전투 필드를 펼쳤을 때만 초인이며 현대 무기 앞에서는 초인이 아니다. 아무리 그가 강해도 멀리서 쏘는 미사일을 얻어맞고도 살아남을 수는 없는 법이니까.

성형이 말했다.

"너도 모르는 사이에, 너는 이미 너무 유명해졌어. 완전무결한 초인이면 모르겠는데 그것도 아니야. 그러니까 조심해서 나쁠 건 없다고 본다. 예전 경매장 암습 사건도 그렇고, 이번

일도 그렇고……. 우리가 모르는 뭔가가 있을 수도 있어. 물론, 그냥 음모론에 불과하지만……."

비록 음모론에 불과하긴 하지만, '그럴 수도 있다'라는 생각을 머릿속에 가지고 있는 것과 아닌 것에는 행동 양식 혹은 돌발 상황에 대한 대처 자체가 달라질 수밖에 없다.

"민서와 평화도 조금 주의를 시키는 게 좋을 거야. 괜히 너무 힘줘서 불안감을 줄 필요는 없으니까 적당한 선에서 말야."

CHAPTER 7

　요즘 들어서 '길드 하우스'의 개념이 조금씩 자리 잡고 있는 중이다. 길드 하우스란 길드의 사무실과 같은 개념이다.

　'트랩퍼'를 보유한 최상급 슬레이어들부터 시작하여 대부분의 길드가 길드 하우스를 보유 중이다.

　길드 하우스에 모여 숙식 혹은 출퇴근을 하면서 던전이나 몬스터가 발견되면 즉시 이동을 하는 형태였는데, 인하 길드도 이번에 길드 하우스를 하나 만들었다.

　돈이 제법 많이 들긴 했지만 나중을 대비하여 헬기 이착륙장도 만들어 놓았고 수영장과 헬스시설 등, 편의 시설도 갖추었다.

"저도 제 몫을 보탤 겁니다!"

연수가 바득바득 돈을 내겠다고 주장했지만 민서가 연수를 진정시켰다. 민서와 연수는 그 사이 제법 친해졌다.

"아저씨! 그러다가 언니한테 또 쫓겨나요!"

연수의 얼굴이 어두워졌다. 마누라가 무섭긴 무서운 모양이다. 그러면서도 '나는 아저씨가 아닌데……' 하고 작은 반항을 하는 것도 잊지 않았다.

사정을 알고 있는 종원이 현석과 따로 얘기를 나눴다.

"야, 너무 오버하는 거 아니냐?"

"어차피 다들 만드는 추세잖아?"

"민서랑 평화를 눈에 보이는데 두고 보호하고 싶은 건 아니고? 민서 학교는? 전학시킬 거야?"

"글쎄. 그건 아직 모르겠어."

하종원이 혀를 쯧, 찼다.

"그래도 공권력이 이쪽에 엄청 집중됐잖아."

현석도 안다. 유니온에서 압박을 가한 건지, 아니면 정부 차원의 배려인지는 모르겠으나 현석의 길드 하우스 주변에는 고화질 CCTV가 훨씬 더 많이 설치되었고 순찰 인력도 많이 늘었다.

현석이 따로 부탁한 일은 아니지만 현석에겐 나쁠 것이 없는 배려라 그냥 무덤덤하게 받아들이고 있는 중이었다.

"그거 아냐? 인하 길드가 여기에 길드 하우스 만든 거 알고 최상위 급 슬레이어들이 이쪽에 자리 잡으려고 한단다."

그럼 오히려 좋을 수도 있다. 치안 면에서 말이다.

생각해 보라. 일반인의 능력을 훨씬 뛰어넘는 슬레이어들이 득실거리게 된다면 이곳에서 일반적인 범법자들이 범죄를 저지를 수 있을까? 잘못 건드렸다간 죽도 밥도 안 되는데 말이다.

어쨌든 현석은 분당 신도시에 자리를 잡았다. 인하 길드의 길드 하우스 설립 이후 생겨날 슬레이어 타운의 시발점이기도 했다.

그런데 유니온으로부터 다급하다면 다급하다고 할 수 있는 연락이 왔다.

"예? 아, 그렇… 습니까? 알겠습니다."

＊　　　　＊　　　　＊

노멀 모드의 규격을 뛰어넘은 버그급 몬스터가 있다. 한국에서 가장 먼저 모습을 드러냈으며 그 다음은 미국에 나타났다. 그리고 그 다음은 일본에서 나타났었다.

그런데 그 몬스터가 이번엔 중국에서 나타났단다. 현석이 연락을 받기 무섭게 기사들이 터져 나왔다. 일본과는 비교도 안 되는 피해가 발생했다.

〈무모한 슬레이어들의 도전. 800여 명 사망.〉

그리고 그 사망자 수가 계속해서 늘어났다. 중국에는 슬레이어의 숫자가 굉장히 많았다.

하지만 숫자는 많으나 그 질이 떨어진다는 평가가 대부분이었다. 그럼에도 불구하고 의욕은 아주 앞서는 모양이었다.

〈싸이클롭스에 의해 슬레이어 1,000여 명 사망!〉

무려 1,000명이 넘게 사망했다. 현석은 생각했다. 사람들의 사망 소식이 안타깝기는 했는데 그것과는 별개로 오기도 조금 생겼다.

'언제까지 자존심 부리나 보자.'

중국 유니온에서 한국 유니온에 미리 전갈을 넣었단다. 싸이클롭스가 나타났는데 이건 우리의 것이니 탐내지 말라고 말이다. 가겠다는 말도 안 했는데 오지 말라고 어깃장부터 놓았다.

'허… 중국에 슬레이어 숫자가 많기는 엄청나게 많구나.'

어느새 사망한 슬레이어의 숫자가 1,300명이 넘었다. 이쯤 되면 슬레잉을 포기할 법도 하건만 그런 기색도 없었다. 오히려 싸이클롭스를 향해, 슬레이어들이 모이고 있단다.

'그렇게 레드스톤이 탐나는 물건인가?'

아무리 생각해도 그것 말고는 이유가 없었다. 그런데 아무리 그래도 1,300명이 죽었는데 거기에 계속 도전하고 싶을까란 생각이 들었다.

처음에는 슬레이어들이 자발적으로 모이는 건 줄 알았다.

＊　　　　＊　　　　＊

슬레이어의 사망자 1,300여 명. 이 정도 규모의 피해는 여태껏 단 한 번도 발생한 적 없는 대규모 피해였다.

몬스터 슬레잉 시 최대로 많이 사망한 기록이 일본에서의 140여 명이라는 것을 감안한다면 이는 그것의 10배 수준이라고 할 수 있다.

물론 중국은 인구도 많을 뿐더러, 슬레이어의 숫자가 비정상적으로 많은 특이한 케이스라고 할 수 있는 나라였다. 한국이 소수 정예의 느낌이라면 중국은 쪽수로 밀어붙이는 느낌이라고나 할까.

성형이 말했다.

"중국 유니온은 미국 유니온과는 또 다른 느낌이야."

미국 유니온은 길드를 통합 관리하는 상위 조직이라고 볼 수 있다. 중국도 그건 마찬가지였다. 그러나 미국과는 약간 개념이 달랐다.

미국은 상위 조직이기는 하나 어디까지나 민주주의적인 절차를 도입한 상위 조직이다.

이를테면 하나의 거대한 회사라고 볼 수 있다. 유니온장은 거대한 그룹의 회장이며 길드장은 사장의 개념에 가까웠다. 그리고 또 길드원들은 사원 느낌이고. 그러나 중국은 군대에 가깝다고 보면 됐다.

중국 슬레이어들의 수준은 대체로 낮다. 그러나 그건 어디까지나 '대체로'다. 분야를 막론하고 어디에서든 '상위 1퍼센트'쯤 되면 엘리트라 할 수 있다.

중국은 슬레이어들의 수가 무려 백만에 달하는데 그중 1만 명 정도는 상당히 강한 축에 속한다. 상대적인 의미로 말이다.

그리고 그 1만 명 중에서도 가장 특출난 무력을 보였던 슬레이어가 있는데 이 슬레이어의 이름은 장위평이었다.

그 장위평이 바로 중국 유니온의 유니온 장이었다. 그는 발 빠르게 움직여 중국 유니온을 설립했으며 준 군사 조직으로 발전시켰다. 그리고 중국 정부의 간부가 되면서 군벌화 체계를 확립시켰다.

시간이 지나면서 중국의 유니온은, 중국의 또 다른 군대라고 봐도 무방할 정도가 됐다.

현석이 물었다.

"중국 유니온 간부의 대부분이 비 슬레이어라면서요?"

"그래. 대외적으로 알려지지는 않았지만 이런 형태의 유니온이 자리 잡기 전까지 상당히 많은 출혈이 있었나 봐. 사형도 엄청나게 많이 집행한 것 같고."

일반적으로 유니온은 슬레이어의 집합체인 길드가 모인 상위 집합체다.

그 상위 집합체에 슬레이어가 없다는 건 상식적으로 말이 안 되는 구조다. 그런데 그 말이 안 되는 구조를, 장위평의 무력과 정부의 권력을 이용하여 태연하게 이룩해 냈다.

"누군가가 물량전으로 밀어붙이면 된다고, 주장한 모양이야."

"어처구니없네요."

"그리고 결과가 이렇게 되자 그 죄를 물어 사형이 확정됐다나 뭐라나. 확실한 건 아니지만."

"아니 노멀 모드 규격 초과 몬스터를, 노멀 모드 규격의 슬레이어가 어떻게 잡아요? 상식적으로 말이 안 되는데. 그걸 통과시켜 놓고선 또 잘 안 되니까 처음으로 주장한 간부를 죽여요? 그게 가능한 일이에요?"

성형이 고개를 절레절레 저었다.

"비하 발언 같아서 좀 그렇긴 한데……. 대륙이잖냐? 얼마 전에 기사 난 거 못 봤어? 철근비를 아끼겠다고 철근 대신에 대나무 집어넣어서 건물 무너진 거. 별 기상천외한 일들이 다 일어나는 곳이야 거긴."

중국은 결코 무시하지 못할 나라다. 떠오르는 신흥 강국이며 머지않은 미래에 미국과 경쟁할 수 있는 강력한 후보 중 하나다.

그러나 그 엄청난 경제 발전과 더불어 또 엄청난 일들이 비일비재하게 일어나는 곳이기도 했다.

"하여튼 중국 유니온의 썩은 부분이 드러났다고 봐야겠지. 실무에 대해선 전혀 모르는 사람이 리더로 있을 때에 벌어질 수 있는 극단적인 예라고 보면 될 거야."

"아니, 아무리 그래도 조금만 관심을 가지면 중학생도 알 수 있는 걸……."

일정 수치 이상의 방어력을 가진 몬스터를 공략하려면, 일정 수치 이상의 공격력을 가진 슬레이어가 있어야 한다. 반대로 일정 수치 이상의 공격력을 가진 몬스터로부터 안전하려면 일정 수치 이상의 방어력을 가진 슬레이어야만 하고.

일반인들에게 있어서 슬레잉이 별세계의 일이라고는 하지만 그래도 조금만 관심을 가지면 얼마든지 알 수 있는 내용이다.

그런데 유니온의 어떤 간부가 주장하여 슬레이어들을 떼거지로 싸이클롭스 슬레잉에 투입했고, 안타깝게도 그 슬레이어들은 목숨을 잃었단다.

현석의 상식으로는 도무지 이해도 안 되고 어처구니가 없는 상황이지만 그래도 어쩌랴. 이미 일은 벌어졌다.

결국 버티던 중국은 한국에 도움을 요청했다.

〈1,300명의 손실. 중국 정부, 결국 한국 유니온에 도움을 요청하다.〉

〈한국 유니온. 플래티넘 슬레이어를 급파할 것인가!〉

＊　　　　＊　　　　＊

성형은 고심에 고심을 거듭했다. 현재 한국 유니온의 위상의 대부분을 차지하고 있는 건 다름 아닌 플래티넘 슬레이어. 즉, 현석이다. 물론 대중은 플래티넘 슬레이어가 있다는 걸 아는 거지 현석인지는 모르지만 말이다.

"현석아, 중국에서의 슬레이어와 여기에서의 슬레이어는 개념 자체가 달라. 그들에게 있어서 슬레이어는 능력을 좀 가진, 그러니까 쉽게 말해 힘 센 노예 같은 느낌이야."

"아직 정신 못 차렸군요."

아직 중국 정부는 사태의 심각성을 제대로 파악하지 못한 것 같다. 그도 아니면 슬레이어들을 확실하게 휘어잡을 수 있다고 자신하고 있거나.

"확실하게 대우해 줘도 모자를 판에."

"중국에선 그렇게 해도 먹히나 보더라. 통제가 되는 모양이야. 군대라고 보면 돼."

"이해가 안 되는 곳이네요."

"어쨌든 그런 곳에 네가 가는 게 좋은 일인지는 모르겠다. 그곳 현지인의 말을 들어보면 여기와 분위기가 완전 달라. 슬레이어가 몬스터를 슬레잉해도, 그게 교묘하게 정부의 능력으로 바뀌어. 또 대중들에게 슬레이어는 괴물의 힘을 가진 좀 나쁜 이미지로 자리 잡았고. 잠재적 범죄자라고나 할까. 중국 정부가 그들을 데리고 순화시켜 군대로 승화시켰다는 말까지 나돌고 있는 판국이야. 하여튼 네가 푸대접 받을까 봐 걱정이다."

기본적으로 나라마다 문화의 차이라는 게 있다. 그러나 현석은 그것에 대해 크게 개의치는 않는 것 같았다.

불가능 업적을 위해서라면 약간의 푸대접은 감수할 수 있다고 생각하는 모양이었다.

성형이 속으로 생각했다.

'확실히 성향이 조금 변하긴 했네. 불가능 업적 포인트 때문

인가? 조금 들뜬 것 같은데. 싸이클롭스라면 현석이에겐 이제 크게 어려운 개체도 아닐 테고.'

종원으로부터 안전제일주의자라는 말을 들을 정도의 현석인데 조금 들뜬 것 같은 기분이 들었다.

저 정도의 힘을 가졌으니 약간 낙관적으로 변한다고 해서 흠이 될 건 없지만 그래도 대비해서 나쁠 건 없었다.

"그래도 노출도를 고려해 대놓고 보내지는 않겠지만 따로 너를 보조할 세력을 비밀리에 투입해 놓을게."

현석은 대중에게 노출되는 걸 원치 않는다. 현석을 보조하겠답시고 많은 인원이 따라 붙으면 현석이 곧 플래티넘 슬레이어라는 사실도 대중매체에 밝혀질 가능성이 컸다. 그래서 성형이 일부러 비밀리에 보내겠다고 하는 거다.

현석도 그것까지는 마다하지 않았다. 성형이 말을 이었다.

"그래서? 인하 길드는 데려갈 거야?"

"아뇨. 싸이클롭스는 저 혼자 슬레잉합니다."

싸이클롭스는 공격력이 너무 높아서 인하 길드의 다른 길드원들도 데려가지 않기로 했다. 잘못 스치면 사망이니까.

그리고 성형의 느낌대로 현석은 조금 들떠 있었다.

'싸이클롭스는 불가능 업적 개체야. 게다가 레드스톤까지 드롭하고.'

싸이클롭스를 이미 잡아본 경험도 있을뿐더러 중국의 싸이클롭스는 한국의 싸이클롭스보다 약할 것이 틀림없었다.

현석에게는 쉬운 일이다. 심지어 전 세계에 딱 두 개밖에 없는 레드스톤까지 드롭한다.

'다른 곳에 비해 푸대접받을 가능성도 있지만… 싸이클롭스는 잡는 편이 좋아.'

중국으로부터의 보상도 약속받았다.

중국의 슬레이어의 인권 문제가 좋고 나쁘고를 떠나서 불가능 업적과 레드스톤을 포기할 필요는 없었다.

며칠 뒤 현석은 중국으로 향했다.

*   *   *

현석은 유니온의 간부라는 중국 담당자와 만나게 됐다.

미국 유니온의 경우는 현석을 섭외하기 위해 실제로 한국어가 가능한 슬레이어를 직접 한국으로 보냈다. 일본 유니온의 경우도 마찬가지로 한국어가 가능한 슬레이어가 현석의 안내를 맡았다.

그러나 중국 유니온의 간부 중에는 한국어가 가능한 사람이 없었던 건지 통역이 따라 붙었다.

사실상 별로 중요한 문제는 아니었으나, 통역이 제법 진땀을 뻘뻘 흘리는 것으로 미루어 보아 중국 유니온의 간부가 말을 조금 쉽게 하고 있는 모양이었다.

그리고 아닌 척하기는 한다만, 몸동작과 표정에서 나오는 거만한 기색을 완전히 지우기는 힘든 모양이었다.

'이 나라에서 슬레이어의 위치가 바닥이라더니 그게 진짜이긴 진짜인가 보네. 저런 배불뚝이가 슬레이어의 집합체인 유니온의 간부라고?'

말로는 들어봤지만 실제로 접하는 건 처음인지라, 현석은 약간 씁쓸해졌다.

현석은 현재 싸이클롭스를 솔로잉할 수 있는 유일무이한 슬레이어다. 중국은 현재 현석에게 빌고 빌어도 모자랄 판이었다.

'아무래도 내가 아니라 한국 유니온에 굽실대면 되는 줄 아는가 보다.'

조금만 귀가 열려 있다면 한국에서 슬레이어의 입지와 중국에서 슬레이어의 입지가 완전히 다르다는 걸 알 수 있을 거다. 물론 저 남자 역시 알 거다. 알긴 아는데, 워낙에 몸에 배어 있는 거만한 기색을 감추기 어려운 것이리라.

통역사가 말했다.

"한국 유니온에는 말을 잘 해놨습니다. 보상도 그쪽으로 갈 거니까 싸이클롭스를 잘 부탁드립니다."

뭔가 착각하고 있는 모양이다. 중국 유니온에서 현석이 아닌 한국 유니온에 보상을 하는 건, 한국 유니온이 현석의 위에 있기 때문이 아니다.(이미 한국 유니온 측은, 중국에서 싸이클롭스를 잡아주는 대가를 받기로 했는데 그것의 대부분을 현석이 가지기로 했다.)

유니온에서 현석더러 보상을 어떻게 하는 게 편하냐고 먼저 물어봤다. 그래서 현석이 일단 유니온 측에서 받으라고 시켰다. 그게 유니온의 위상을 높이는 데도 좋고 더 편하다는 이유에서 였다.

'아무래도 내가 유니온의 명령을 받드는 하급자처럼 인식되어 있나 보네.'

이 남자는 한국과 중국의 문화 차이와 한국에서의 플래티넘 슬레이어의 입지를 전혀 모르고 있는 것처럼 보였다. 이 말은 즉 조사도 제대로 하지 않았다는 뜻이다.

'마음먹고 구조 요청을 하는 마당에 슬레이어에 대한 조사도 안하고……'

중국의 슬레이어들이 얼마나 푸대접을 받고 있는지 알만 했다.

사실상 작전이랄 것도 별로 없었다. 한국과 일본에서 나타났던 싸이클롭스도 단신으로 잡아냈던 현석이다. 중국에서라고 못할 것도 없다.

중국에서 수많은 사상자를 냈던 싸이클롭스는 현석에 의

해 쉽게 사냥됐다.

현석의 생각대로 한국과는 난도가 약간 달랐다.

[어려운 업적으로 인정됩니다.]

불가능 업적이 아닌 어려운 업적으로 판정받았다. 어차피 일반 슬레이어들에게 불가능 업적이나 어려운 업적이나 사실 거기서 거기긴 하지만, 현석에게는 다른 문제다.

'확실히 한국에서 나타나는 몬스터가 가장 강하긴 한가 보구나.'

어려운 업적은 불가능 업적보다 낮은 등급의 업적이다. 그런데 그렇다고는 해도 역시 노멀 모드의 규격을 초과한 몬스터임에는 틀림없었다.

현석은 반색했다.

'레드스톤!'

레드스톤을 얻었다.

통상적으로 노멀 모드에 존재하는 이지 모드 수준의 던전과 노멀 모드의 몬스터에게서는 그린스톤이 드롭된다. 그리고 히든 던전을 클리어하면 옐로스톤이 주어진다.

그러나 레드스톤은 여태까지 딱 한 개체에서만 발견됐다.

바로 싸이클롭스.

이번 솔로잉에서 레드스톤을 얻었다. 당연한 말이지만 보상은 현석의 차지였다.

중국 유니온에서 한국 유니온에 하는 보상과는 별개의 문제였다. 그 보상 역시 현석이 대부분 차지하고, 레드스톤도 현석의 것이다. 그리고 업적보상까지 얻었다. 중국 유니온의 태도는 사실상 마음에 들지 않았지만 그래도 이 정도면 충분한 성과였다.

그나마, 아주 조금이나마 현석의 위치를 알고는 있는지 대놓고 거들먹거리지는 않았다는 점 정도를 다행으로 꼽을까.

현석은 싸이클롭스 솔로잉을 무사히 끝마치고 다시 한 번 세계의 이목을 끌었다.

특히 한국 언론에서 이를 굉장히 중요하게 다뤘고, 한국 내에서 플래티넘 슬레이어는 거의 톱스타에 버금가는 위치를 갖게 됐다.

사실상 현석의 싸이클롭스 슬레잉이 대단하기는 하지만 그래도 이미 성공시켰던 전례들이 있다 보니 그렇게까지 이슈화가 되지는 않았다.

역시 플래티넘 슬레이어다, 역시 대단하다, 엄청 나다라는 말은 오고갔지만 처음만큼 큰 반향을 불러일으키지는 못했다.

그런데 정말로 큰 문제는 그날 밤에 발생했다. 한국은 물론이고 전 세계를 경악시킬 만한 사건이었다.

*   *   *

한국으로 떠나기 바로 전날 밤, 호텔.

현석은 중국 정부로부터 숙소를 제공받았다. 싸이클롭스 슬레잉은 그렇게 오래 걸리지 않았다.

이미 버그급 싸이클롭스를 슬레잉한 경험이 두 번이나 있고 그중에서도 한 번은 지금보다 훨씬 강한 개체였다.

'역시 한국에서 나타난 놈이 가장 강했어.'

요즘 들어 현석은 도대체 왜 한국에 가장 강한 몬스터들이 나타나고 변화들이 제일 빠르게 일어나는가에 대해 생각을 하고 있는 중이다.

생각을 하다 보니 그럴 듯한, 한 가지 가정을 세울 수 있었다. 슬레이어들의 평균적인 실력에 따라 그 지역의 난이도가 결정되는 게 아닌가 싶다. 물론 확실한 건 아니지만 말이다.

'뭐… 이유야 어찌 됐든 실력 있는 슬레이어라면 한국에 있는 것이 가장 좋아.'

강한 몬스터를 잡으려면 그만큼 위험 부담도 커지지만 또 그만큼 빠르게 강해진다. 빠르게 강해지면 또 빠르게 강해질 수 있는 길이 열린다.

튜토리얼과 이지 모드를 거쳐 현재는 노멀 모드이다.

지금 추세로 간다면, 언제가 될지는 모르겠지만 적어도 수 년 이내에는 하드 모드로 넘어갈 것 같다. 그럼 더욱 강한 몬스터가 나올 거고 그에 따른 보상도 더욱 커질 거다.

이번 슬레잉에서 레드스톤을 얻었다. 전 세계에 딱 두 개밖에 없는 레드스톤이다. 그리고 그 두 개가 모두 플래티넘 슬레이어에 의하여 획득되었으며 모두 한국에 귀속되어 있다.

모르긴 몰라도 한국 정부는 지금 엄청나게 큰 미소를 짓고 있을 것이다.

여러 가지 잡생각을 뒤로 한 채 정말로 잠에 빠져드려고 하는데, 누군가 습격해 왔다.

말 그대로 습격이었다. 호텔은 그야말로 아비규환이었다.

폭약 터지는 소리와 총소리, 그리고 사람들의 비명 소리가 호텔 안을 가득 메웠다.

슬레이어들이 다수 포함된 무장 세력이 현석이 머물고 있는 호텔을 습격하여 무차별 공격을 가한 것이다.

호텔 곳곳에 불길이 피어올랐다. 심지어는 로켓포까지 동원했다.

어디 변방 지역에서 벌어진 일이 아니었다. 북경 시내 한복판에서 벌어진 일이었다.

정말 어처구니없고 말도 안 되는 일인데, 그 일이 실제로 벌어졌다.

언론에서 난리가 났다.

              *   *   *

한국 내에서 '반 중국 여론'이 들끓었다. 전 세계 외신들도 이번 사건을 굉장히 중요하게 다뤘다.

〈레드스톤을 노린 습격! 배후는 도대체 어디인가!〉

레드스톤은 한화로 최소 150억 원 이상의 가치를 지녔다. 돈으로 그렇다는 거고, 사실상 전 세계에 딱 2개만 존재한다는 것을 감안하면 현재 돈으로는 환산할 수 없는 가치를 지녔다고 해도 과언이 아니다.

아마도 이번 습격은 레드스톤을 노리고 벌인 짓 같았다. 현석이 묵던 호텔에서만 인명 피해가 무려 100명이 넘었다.

호텔을 습격한 괴한들은 경호원들을 전부 죽였으며 호텔의 경비 관련 종사자들도 모두 죽였다. 그뿐만 아니라 일반실에 머물던 사람들도 많이 죽었다. 종국에는 호텔 전체가 화염에 휩싸일 정도였다.

그 와중에 플래티넘 슬레이어는, 운 좋게도 무사히 몸을 피했다는 것이 알려졌다.

사실 운 좋게 몸을 피한 건 아니었다.

운이 좋았던 게 아니라 무력행사를 했다. 그것도 많이 했다. 그러나 언론에는 운 좋게 몸을 피했다고 표현됐다.

호텔 밖에서의 탈출은, 성형이 미리 대기시켜 둔 보조 세력의 도움을 얻었다.

인천 국제공항.

민서가 퉁퉁 부은 얼굴로 달려왔다.

"오빠, 괜찮아? 괜찮은 거 맞지?"

"어, 그래 괜찮아. 총알을 좀 많이 맞긴 했는데."

정말 위험했다.

'실드 스킬북이 없었으면…… 당했을지도 몰라.'

현석이 만약 실드 스킬북을 가지고 있지 않았다면 정말로 당했을지도 모른다.

슬레이어는 초인이지만 현대 무기 앞에서도 괴력을 발휘할 정도는 아니었으니까.

서브머신 건 정도는 어떻게 버틸 수 있다. 그런데 그 서브머신 건이 하나가 아니라 두 개, 세 개가 넘어가면 위험해진다. 크리티컬 샷이 누적되면서 대미지가 점점 커지니까.

그런데 로켓포까지 등장했다. 실드를 익히기 전에 슬쩍 빗겨 맞았는데도 H/P가 1/3쯤 날아갔다. 직격당하면 즉사였다.

한국에서도 하루 종일 플래티넘 슬레이어에 관한 기사가 해일처럼 쏟아졌다.

〈한국 정부와 유니온. 한국의 자랑 플래티넘 슬레이어의 안전을 확보해야 할 의무가 있어.〉

〈중국 유니온은 이번 사태의 책임을 져야.〉

현석은 현대 무기로 무장한 습격에서도, 경비세력 100명이 넘게 죽은 그 아비규환의 현장 속에서도 혼자의 힘만 가지고 탈출에 성공했다. 이것이 의미하는 바는 컸다.

그럴 리 없겠지만 현석이 만약 누군가를 암살하려고 한다면, 경비 세력을 뚫고 암살이 가능한 킬러가 될 수도 있는 거니까.

몬스터가 무서운 이유는 현대 무기에 내성을 갖고 있기 때문이다. 그런데 사람이 그러한 내성을 갖는다면 더욱 무서워질 수도 있는 노릇이다.

성형도 현석의 안위부터 살폈다.

"괜찮냐? 진짜 많이 놀랐다. 설마하니 중국 정부의 보호를 받고 있는 곳에서, 습격이 이루어질 줄이야……. 정부 애들도 몇 죽은 모양이더라."

"저도 놀랐어요."

"공항까지 나갔어야 했는데……. 내가 움직이면 매스컴이 벌 떼처럼 달려들 게 뻔해서 못 움직였다. 미안하다."

성형은 물론 굉장히 바쁘다. 전국 슬레이어가 모인 조합의 장이다. 바쁘지 않을 리가 없다.

그러나 그 모든 일을 둘째로 할 만큼, 현석은 성형에게 중요했다. 일적으로도, 인간적으로도.

"그런데 형님. 모든 일이 우연처럼 느껴지지는 않는데 말이에요."

"안 그래도 그런 생각을 했다. 경매장에서의 습격, 그리고 저번에 신분 파악하려다가 죽었던 여자. 그리고 이번의 암습……. 우연의 일치라고 보기엔 무리가 있어. 한 세력의 짓이 아니라고 해도 너도 충분히 대비하고 경계할 필요가 있겠다."

보통 일반적인 사람의 경우, 어떤 세력으로부터, 그것도 무장 세력으로부터 공격을 받는 일은 평생에 걸쳐도 거의 없는 희귀한 일이다.

그런데 현석은 그런 경험을 최근에만 두 번이나 겪었다. 물론 한 번은 현석을 노린 건 아니었다지만.

게다가 뭔가 찝찝함을 느껴—심지어 여자가 자신에게 뭔가 힌트를 주는 것 같았던—사람의 신분을 조사하는데 그 사람이 교통사고로 죽었단다. 연결 고리가 없을 수도 있지만, 또 있을 수도 있다.

현석이 말했다.

"중국에서는 제 보안을 담당했던 모두를 무기징역에 처했다는 거 같던데요."

"일부는 사형이라더라."

"아니, 거긴 법도 없대요? 사람 목숨이 파리 목숨도 아니고."

누군가 책임을 지기는 져야 할 일이다. 그래도 일부 사형, 일부 무기징역은 좀 너무했다 싶다. 정당한 재판이나 변호도 없이 그러한 상황에 처한 것 같기는 한데 운이 나빴다면 나빴다고 할 수 있겠다.

전 세계를 경악시킨, 플래티넘 슬레이어의 습격 사건의 배후는 1주일 정도가 지나자 밝혀졌다.

이건 중국에서 시킨 거다, 라는 말까지 오고갔지만 배후는 '차이나 레지스탕스'라고 밝혀졌다.

앞서 언급했다시피 중국은 슬레이어의 권위가 굉장히 낮다. 그것에 반발하는 세력이 바로 '차이나 레지스탕스'였는데 중국 정부는 그들 때문에 상당히 골머리를 썩고 있는 모양이었다.

물론 인터넷상에서는 음모론이 들끓기는 했다.

—차이나 레지스탕스가 어떻게 플래티넘 슬레이어가 머무는 호텔과 객실을 정확하게 파악해서 습격했지? 이게 가능한

일임?

─심지어 북경 시내였음. 이건 중국 정부의 묵인 없이는 절대 불가능한 일임.

─일부러 누군가 정보를 흘렸거나하지 않았으면 불가능한 일일 듯.

그러나 중국 정부는 '차이나 레지스탕스'의 인원들 몇을 생포하여 공개 사형에 처했고 중국 유니온은 한국 유니온과 플래티넘 슬레이어에 대해 막대한 양의 보상금을 지급하겠다고 약속했으며 공식적인 사과 성명을 발표했다.

이번 사건에 대해 정말로 머리 숙여 사죄한다고, 적어도 공식적으로는 싹싹 빌었다.

현석이 어깨를 으쓱했다.

"이제 중국은 안 가려고요. 목숨을 담보로 한 업적 포인트는 필요 없어요."

물증이 없어 대놓고 중국을 공격하지는 못한다. 그래서 성형도 말을 아끼고 있는 거다. 그런데 역시 찝찝하고 괘씸하기도 했다. 그에 현석은 이제 중국은 가지 않기로 마음먹었다.

참고로 현재까지 정말로 강한 몬스터는 싸이클롭스 딱 한 종류 나왔다. 진짜로 중국 측─혹은 간부들 몇몇의─암묵적 허락 또는 정보 흘림이 있었는지는 모르지만 선택 참 잘못한

셈이다.

그와는 별개로 현석은 이번 사건을 계기로 반성을 했다.

"그리고 제가 힘을 조금 가졌다고 지나치게 들떴었네요. 잡아본 적 있는 싸이클롭스라 쉽게 생각도 했고…… 반성을 좀 해야겠어요."

"너 정도 능력을 가졌으면 방심할 만도 하지. 솔직히 중국에서 습격이 있을 거라고 그 어떤 누가 예상이나 했겠어? 나도 애들 보내놓긴 했는데 솔직히 형식적인 거였지 실제로 거기서 무슨 일이 발생할 거라고는 상상도 못했다. 대륙을 너무 얕봤어."

"형님이 예전에 주셨던 실드 스킬북 덕분에 살았죠 뭐."

확실히 너무 쉽게 생각했다. 물론 상식적으로 타국에서 넘어온, 그것도 싸이클롭스를 사냥하기 위해 온 플래티넘 슬레이어를 습격하는 건 말이 안 된다.

그 대단하다는 미국 유니온도 상전 떠받들 듯 모셨던 사람이 아닌가. 그러나 조금 더 조심하고 신경 쓸 필요는 있었다.

'너무 들떴었어. 초심을 잊으면 안 되는데.'

지금 생각해 보면 뭔가에 홀리기라도 한 것 같은 기분이 들었다. 이번 경험은 현석에게 다시 경각심을 불러일으켰다.

현석은 초인이기는 하나 완전무결이라고 하기에는 힘들었다. 실드 스킬북으로 인해 로켓포도 막아낼 수 있게 되기는 했는데, 그것도 전투 필드를 펼친 상태에서나 통용되는 말이었다.

그런 의미에서 이번 경험은 현석에게 피가 되고 살이 될 경험이었다.

또다시 1주일이 지났다. 언제 그랬냐는 듯 세상은 다시 조용해졌다. 정확히 말하자면 조용해지는가 싶었다.

현석이 한국에 입국하고 나서 약 3주일이 흐른 뒤, 서울이 시끄러워지기 시작했다.

연쇄살인 사건이었다. 벌써 희생자가 8명이 넘었다. 처음에는 단순 살인 사건으로 조사를 벌이던 경찰들이 수상한 냄새를 맡았다.

솔직히 처음에는 야생동물에 의한 피해인 줄 알았다. 그도 아니면 야생동물의 형태를 가진 몬스터에 의한 공격이라거나.

사실상 야생동물 형태의 몬스터는 한국 내에 꽤 많은 편이고 그에 의해 죽은 사람도 상당수가 된다. 그래서 쉽게 생각했었다. 그런데 문제가 그렇게 간단한 것 같지가 않았다.

사망자가 8명이 넘어가는 시점에서 경찰은 좀 더 대대적인 조사를 벌였고 그 결과.

〈경찰, 이번 사건의 용의자는 슬레이어리라 지목.〉
〈충격. 찢겨진 시체. 토막살인 사건의 실체!〉

《이빨에 찢겨진 것 같은 흔적! 정말로 슬레이어의 소행인가!》

이번 사건은 날카로운 이빨을 가진 들짐승 몬스터의 소행이 아닐 수도 있다는 말이 제기됐다.

CHAPTER 8

현석은 경찰청과 제휴를 맺어 슬레이어가 일으키는 범죄에 관한 한 협력하기로 했었다. 비록 이름만 빌려주는 것이라고는 해도 플래티넘 슬레이어가 가지는 이름값을 생각하면 범죄율이 상당히 줄어들 거라는 예상이 지배적이었다. 그러나 그러한 예상을 비웃기라도 하듯 어떤 슬레이어가 연쇄살인을 일으켰다. 야생동물에 의한 소행으로 생각될 만큼, 시체의 상태는 참혹했다.

현석은 다리를 꼬고 앉았다.

'그런데 확실히 인간이 맞기는 맞는 거야?'

처음에는 야생동물 혹은 야생동물 꼴의 몬스터의 소행인 줄 알았다가 나중에는 슬레이어라고들 생각했다. 그도 그럴 것이 CCTV에 찍힌 모습은 워낙에 인간과 닮아 있었기 때문이다. 경찰청에서도 그렇게 발표했고 수사에 총력을 기울이고 있다고 말했다.

그러나 인터넷상에서는 재미있는 얘기들이 오고갔다.

—솔직히 슬레이어 같지가 않음. 내가 몬스터에 대해서 좀 잘 아는데, 저건 틀림없이 인간형 몬스터임.

—두발로 걷고 두 팔로 움직인다고 사람이란 보장은 없음. 게다가 CCTV 화면은 완전 어두컴컴하고 실루엣도 잘 안 보이더만.

현석도 일리가 있다고 생각했다. 사건이 이슈화되는가 싶자 경찰청에서 빠르게, 슬레이어라고 발표했는데 어쩌면 아닐 수도 있다.

'예전에 정부가 어처구니없는 발표를 한 적도 있었지. 욕을 엄청 먹었던 걸로 기억하는데.'

예전 이것과 비슷하다고는 할 수 없지만 안타까운 사고 소식을 뉴스에서 보도한 적이 있었다. 어떤 여객선의 침몰 사건이었는데 정부의 처음 발표로는 탑승자 전원 구조였다가 이후, 수백 명에 가까운 사람들이 실종되었다고 발표가 번복되었었다.

'슬레이어의 소행이라……. 일단 그럴 가능성도 있기는 하지만……'

CCTV 판독만으로는 아무래도 범인을 찾기가 힘들었다. 끽해야 움직임이 빠르다는 것과 두 다리를 이용하여 움직인다는 것 정도다. 또한 경찰 측에서 슬레이어일지도 모른다고 발표를 한 것은 수사의 원활함을 위해 유니온의 협조를 더 쉽게 구하기 위해서였을지도 모를 일이다.

'만약 몬스터라면 빠르게 움직여야 해.'

몬스터인지 아닌지는 전투 필드를 펼쳐보면 알 수 있을 것이다. 전투 필드를 펼치는 순간, H/P 혹은 실드 게이지가 활성화가 될 테니까. 비록 슬레이어도 H/P를 갖고는 있으나 몬스터의 실드 게이지 및 H/P와 슬레이어의 H/P는 그 느낌이 다르다. 몬스터인지 아닌지 머리가 저절로 판독하게 된다.

'최초의 몬스터라면 최초의 업적이 뜰 확률이 높으니까.'

현석은 최대한 업적을 많이 쌓아야 하는 입장이다. 최악의 경우, 노멀 모드에서 벗어나는 최소 포인트를 맞추지 못하는 경우도 생길 수도 있다. 어쨌든 업적이란 업적은 모두 쓸어 담아야 하는 상황이다. 던전이야 지금도 이명훈이 열심히 찾고 있다.

'세영이와 얘기를 해봐야겠어.'

몬스터에 대해 같이 알아볼 수 있는 최선의 파트너가 떠올랐다. 현재 한국 내에 알려진, 그러니까 공식적으로 가장 빠른 슬레이어다. 하종원은 같이 움직이기에 너무 느리다. 김연수도 그렇게 빠른 편은 아니고. 현석과 보조를 맞추려면 적어도 홍세영 정도는 되어야 했다.

때마침, 유니온을 통해 공식 요청도 들어왔다. 이번 사건에 대해, 슬레이어들에게 도움을 요청하는 공문이었다.

성형에게 전화를 걸었다.

"형님, 이번에 경찰청으로부터 협조요청 받았죠?"

—안 그래도 몇몇 슬레이어들이 도와주기로 했다. 현석이 너는 참여 안 할 거지?

"그거 때문에 연락드린 거예요. 참여할 겁니다."

—응? 갑자기 왜?

"그 슬레이어라는 범인에게 흥미가 생겼거든요."

플래티넘 슬레이어도 수사에 도움을 보탠다는 소식이 알려졌고 국민들이 열광했다. 세계에서 단 한 명뿐인 '슈퍼 히어로'가 대중들이 생각하는 플래티넘 슬레이어의 이미지였다.

몬스터 웨이브를 단신으로, 그것도 혈투를 벌여가며(?) 막아낸 희생정신 투철한 플래티넘 슬레이어가 이번엔 민중들과 시민들의 안전을 지키기 위해 몸소 나선다는 기사도 퍼져 나갔다.

'최초 타이틀' 업적 보상을 노린 현석은 졸지에 살신성인의 슈퍼 히어로가 됐다.

*　　　　*　　　　*

슬레잉, PvP. 그 모든 것에 능통한 만능인 슬레이어. 그 플래티넘 슬레이어가 이번에 경찰과 힘을 합치기로 했다. 슬레이어들이 경찰들에게 협조하는 것은 이전부터 계속해서 있어 왔던 일이나 플래티넘 슬레이어가 함께 한다는 것은 의미하는 바가 남달랐다.

"그거 들었어? 그 연쇄 살인 사건 때문에 플래티넘 슬레이어가 움직인대."

"음? 그럼 그게 슬레이어의 짓이 확실해진 건가?"

"그렇겠지? 플래티넘 슬레이어가 움직였잖아."

"그렇다면 그 범인도 엄청 강한 슬레이어인가 보네."

재미있는 건 현석이 경찰에게 협조한다는 것이 사람들에게 알려지자 사람들은 범인이 슬레이어라고 확정지어 생각해 버렸다는 거다. 그도 그럴 것이 경찰들의 일에 슬레이어가 관여할 때는, 범인 혹은 용의자가 슬레이어일 경우로 한정되어 있었다.

"그나저나 진짜 대단하다 그 사람. 내가 그런 힘 가졌으면 갑질하고 다닐 텐데."

"할리우드에서는 무슨 슈퍼 히어로라고 영화로도 만들고 싶어 한다던데?"

"진짜 그런 사람이 있긴 있네."

현석은 졸지에 살신성인과 무한한 희생정신을 가진 슈퍼 히어로가 됐다. 심지어 대중들의 관심을 원치 않아 얼굴을 공개하지 않고 있는데 그게 더 신비감을 불러일으켰다.

정작 현석은 '최초 업적 몬스터'를 잡기 위해 움직이고 있지만 대중들이 그것까지 알 수는 없는 노릇이었다.

현석이 말했다.

"그런데 넌 차림이 왜 그래?"

"……."

홍세영이 아무 말도 하지 않고 현석을 물끄러미 쳐다봤다. 현석도 세영을 물끄러미 쳐다봤다. 그러자 세영은 결국 눈을 살짝 내리깔고 무뚝뚝하게 말했다. 목덜미가 아주 조금 붉어져 있었다.

"내 마음이다. 원래 내가 좋아하는 스타일이야."

현석은 허, 하고 웃고 말았다.

'얘는… 진짜. 이건 뭐 도도한 척도 아니고…….'

세영이 입고 있는 옷은 '탐색 활동' 혹은 '수사'에는 그리 어울리지 않는 복장이었다. 누가 몬스터라 짐작되는 살인자를 잡으러 가는데 하늘하늘한 원피스를 입는단 말인가.

물론 그녀의 외모와 굉장히 잘 어울린다는 것은 현석도 인정하는 바이지만 그렇다고는 해도, 복장이란 상황에 알맞게 갖추었을 때 가장 빛나는 법이다. 그런 점에서 세영의 패션센스는 매우 나빴다. 적어도 현석의 기준에선 그랬다.

"와… 이렇게 아름다우신 분이 슬레이어시라니……."

"정말 미인이십니다."

이번에 현석과 협조하게 된 경찰 두 명은 넋이 나간 듯 세영을 쳐다보고 있었다. 사실상 그들이 도움을 줄 수 있는 부분은 직접적인 체포가 아니라 수사에 있어서의 이론적인 부분들이지만, 일단 그건 차치하고서 그들은 세영의 미모에 감탄에 감탄을 더하는 중이었다.

현석은 고개를 절레절레 저었다.

'게다가 밝은 톤의 화장까지 했어. 나 참.'

현석이 계속해서 세영을 물끄러미 쳐다보자 세영은 고개를 살짝 돌렸다. 그리고 퉁명스레 말했다.

"보지 마!"

"왜?"

"그냥 보지 말라고. 너 싫어."

싫은 것 치고는 너무 꾸미고 나온지라 현석은 저도 모르게 또 피식 웃고 말았다.

예전 같았으면 '그래도 난 너 좋은데?' 하고 작업 멘트를 날려 댔겠지만 지금은 아니다. 물론 세영은 운동으로 단련된 탄탄한 허벅지와 볼륨감 넘치는 몸매, 그리고 그와는 어울리지 않는 청순한 미모를 가지기는 했다. 남자인 이상 호감은 간다. 그러나 그렇다고 같은 길드의 길드원의 마음을, 진심도 없이 헤집어 놓고 싶지는 않았다.

현석이 피식 웃자 세영은 그것도 못마땅한 듯 고개를 휙, 돌렸으나 그녀의 입가에는 알듯 말듯 미세한 미소가 어려 있었다. 세영에 대해서 잘 아는 친구가 봤다면 굉장히 화사하다고 말했을 법한 그런 표정이었다.

그런데 경찰로부터 뜻밖의 정보를 얻었다. 탐색 슬레이어가 가진 탐색 스킬이 범죄 수사에도 상당히 큰 도움이 되고 있다는 것이었다. 때마침 명훈에게 연락이 왔다.

─야, 길장아. 너 이번에 그거 참여한다고? 왜? 갑자기 왜? 무슨 바람이 들었어? 안 할 줄 알았는데.

"음. 너도 알고 있는 얘기겠지만 새로운 몬스터일 가능성도 있거든. 최초 몬스터는 업적 주잖아."

─사람들은 살신성인의 슈퍼 히어로라던데?

"난 모르는 일이야."

현석은 정말 모르는 일이다. 그걸 의도한 것도 아니다. 다만 직접 나서서 '나는 업적 포인트를 얻기 위해 싸우는 거고 사실 별로 힘든 일도 아니다'라고 공표하고 있지 않을 뿐.

　ㅡ그럼 날 불렀어야지? 명색이 인하 길드 트랩퍼인데.

　"넌 히든 던전 찾는다고 바쁘잖아?"

　ㅡ장난? 나는 히든 던전을 찾는다고 바쁜 게 아니라 새로운 것을 찾으라고 바쁜 거야. 딱히 던전이 아니어도 새로운 거면 된다고!

　다행히 명훈도 서울에서 그렇게 멀리 있지 않다 했다. 얼마 지나지 않아 명훈이 서울로 도착했다. 도착하자마자 명훈은 세영에게 물었다.

　"세영아. 너 어디 아프냐? 표정이 되게 안 좋다? 뭐야? 이 하늘하늘한 원피스는?"

　살벌하게 변한 세영의 표정을 본 명훈의 표정이 핼쑥하게 질렸다.

　'아이씨. 잘못 끼어들었다. 쟨 무슨 데이트인 줄 알았나 보다.'

*　　　　*　　　　*

　명훈은 현재 한국 내에서 가장 실력이 뛰어난 트랩퍼다. 적어도 현석이 알기로는 그랬다. 사실상 명훈뿐만 아니라 인하 길드 내의 모든 구성원이 각각의 위치에서 최고의 실력이라고 해도 무방할 정도긴 했다.

현석이 물었다.

"그래서 뭐를 좀 알겠냐?"

"아니, 잘 모르겠어. 원래 한 방에 안 보이는 게 많으니까. 야, 나 M/P 차징 좀 써주라. M/P 딸린다."

명훈은 이제 수련 던전을 통과하면서 상급 탐색을 넘어 최상급 탐색을 가지고 있다. 그러나 탐색의 레벨이 높아질수록 M/P 소모가 커져서 연속 사용이 힘들다. 때문에 M/P 차징을 익힌 보조 슬레이어와 함께 다녀야만 했는데 그런 보조 슬레이어는 흔치 않았다. 그런데 최고의 M/P 차징 스킬을 보유한 사람이 있으니 바로 현석이다. 현석의 M/P 차징 한 방이면, 명훈의 M/P는 금세 가득 찬다. 그것도 아주 손쉽게 말이다.

이제 현석과 많이 친해진 명훈이 상대적 박탈감을 느낀다는 듯 한숨을 깊게 쉬었다.

"정말 너는 사기다 사기. 진짜 볼 때마다 느끼는 건데 개사기야. 치트키 새끼!"

"그 말 질리지도 않냐?"

"트랩퍼 스킬북이라도 풀리는 날에는 나 실업자 되겠네. 아, 세상 살기 힘들다. 아, 이명훈. 넌 너무 불쌍한 놈이야."

현석은 피식 웃었다. 엄살을 부려대는 것을 보니, 별로 힘들지 않은가 보다. 명훈은 최상급 탐색을 기반으로 하여 여태껏 살인 사건이 일어났던 곳들의 흔적을 찾았다. 그 와중에 '흔적 찾기'라는 새로운 스킬까지 생겨났다고 하니, 명훈에게는 상당한 이득이라고 할 수 있겠다.

인하 길드. 더 정확히 말하자면 현석과 세영, 그리고 명훈으로 이루어진 팀은 경찰과 협조하여 계속해서 수사를 진행했다. 그렇게 3일이 지났고 드디어 명훈이 범인의 흔적을 잡아냈다.

서울시 은평구에 위치한 백련산.

그리 높지도 않고 아주 유명한 산도 아니지만 예전에 던전이 출몰한 이후로 상당히 유명해진 산이기도 했다.

현석은 걸음을 옮기며 생각했다.

'산이라…… 슬레이어라면 겨우 이 정도 높이의 산에 오두막을 짓고 살리는 없을 텐데.'

원래 예전에는 높은 산이었다고는 하는데, 워낙에 개발이 많이 되어서 이제는 거의 동산 수준이 되어버린 산이다.

명훈이 말했다.

"혹시 모르니까 전투 필드도 미리 펼쳐 놔라. 굉장히 빠른 녀석인 거 같던데. 만에 하나에 대비하는 것도 나쁘진 않으니까."

현석도 그 말에 동의했다. 던전 내, 자이언트 터틀을 잡을 때도 약간의 방심 때문에 민서와 평화가 위험해지지 않았던 가. 어차피 전투 필드야 몇 시간이고 펼칠 수 있다. 쿨타임이 지속 시간보다 짧다. 게다가 M/P도 넉넉하며 자동 회복 속도 도 빠른 편이다. 다시 말해, 연속 사용이 가능하다는 소리다. 아낄 필요가 없다. 명훈의 안내를 따라 백련산 내부를 돌아다 녔다. 그리 깊지 않고 또 높지도 않은 산임에도 불구하고 등 산로를 벗어나자 수풀이 제법 우거졌다.

날이 저물었다.

현석과 동행하고 있는 경찰들은 저희들끼리 쑥덕거렸다. 물 론 현석이 없는 자리에서 몰래 속닥거린 거지만.

"아니… 용의자는 슬레이어라며? 근데 왜 이런 산속을 뒤지 고 있어? 이런 데 있을 리 없잖아?"

"진짜 실력 있는 트랩퍼 맞아? 아… 이거 좀 느낌이 별론데. 괜히 삽질만 하는 것 같은 기분이야."

"하기야 아무리 뛰어난 슬레이어라고는 해도 이런 수사 활 동에는 익숙하지 않을 거야. 어차피 슬레잉은 수사 능력을 필 요로 하는 게 아니잖아. 물론 무력이야 도움은 되겠지만……. 그래서 우리가 있는 거고."

"하지만 플래티넘 슬레이어가 저 트랩퍼를 완전히 믿는 모 양이던데……."

"전문가가 아니니까 어쩔 수 없지. 트랩퍼들이 수사에 직접 참여하는 것도 솔직히 난 반대고."

두 사람은 속닥거리기를 마쳤다. 얼마 지나지 않아 날이 어두워졌고, 경찰 중 한 명이 반대 의견을 냈다.

"이런 곳을 뒤지는 것은 별로 의미가 없다고 생각합니다. 전문가가 아니시니 정확히는 말씀드리기 어렵지만……. 이쪽에 사람이 있었다면 인간이면 남겨야 할 최소한의 흔적이 있거든요. 그러나 그러한 것이 전혀 보이지 않아요. 사실상 트랩퍼의 탐색 스킬이 범죄를 해결하고 있는 추세라고는 하지만 사실 아직 검증된 방법도 아니고요."

명훈은 경찰관이 뭐라고 말을 하든 계속해서 탐색 스킬을 사용했다. 마치 무시하는 것처럼 말이다. 명훈 딴에는 집중해서 못들은 건데 그 사정을 모르는 경찰들의 입장에서는 기분이 나쁠 수밖에 없었다.

어차피 날도 어두워졌고 오늘은 수확이 없다 생각한 현석이 명훈을 대신해서 고개를 끄덕이며 말했다.

"일단 오늘은 철수하죠. 너무 어두워진 것 같은데."

하지만 명훈이 반대했다.

"길장아. 그놈 그거 밤에만 움직인다며?"

"대낮에 살인을 저지른 기록은 없어."

"그렇다면 이제 조금만 있으면 모습을 드러낼 거야."

경찰관들이 인상을 찡그렸다. 벌써 날이 어두워져서 발밑을 제대로 분간하기 어려울 지경인데 수사는 무슨 수사란 말인가. 랜턴을 가지고 왔다지만 랜턴으로는 한계가 있는 법이다. 솔직히 경찰들은 지금 매우 힘들었다. 인하 길드원들이야 전투 필드를 펼쳤고 육체 스펙이 일반인들보다 훨씬 뛰어나지만 경찰들은 아니었다. 힘든 것도 힘든 거지만 기분도 나빴다. 또한 저 트랩퍼도 영 못미더웠다.

하지만 플래티넘 슬레이어 앞에서 기분 나쁜 티를 낼 수도 없어 최대한 부드럽게 돌려 말했다.

"하지만 지금은 너무 어둡습니다. 하다못해 랜턴 같은 거라도 챙겨 와야 차질이 없을 것 같아요. 아쉬운 마음은 충분히 이해하지만 오늘은 이만 돌아가시죠."

명훈이 딱 잘라 말했다.

"아뇨."

그리고 뭔가에 홀리기라도 한 듯 최상급 탐색 스킬을 사용하고 있는데 현석은 왠지 방해하면 안 될 것 같은 기분이 들었다. 모르긴 몰라도, 저 경찰관은 지금 자존심이 엄청 상했을 거다.

현석이 고개를 절레절레 저었다.

'제대로 설명이나 해주면서 하면 좀 좋아?'

제대로 설명도 안 해주고 저렇게 밀어붙이니, 아무래도 호감을 얻기는 그른 것 같았다. 그러나 이해는 할 수 있었다. 일단 뭔가에 빠지면 주위를 둘러보지 않는 성격을 가졌으니까. 지금은 방해하면 안 될 때였다.

그러던 찰나.

"홍세영!"

홍세영이 재빠르게 검을 뽑아 들었다. 현석에 의해 이미 전투 필드는 펼쳐져 있는 상태.

쨍!

금속끼리 부딪치는 듯한 검명이 터져 나왔다.

세영의 레이피어가 두 발로 움직이며 두 손을 무기로 사용하는 괴물의 손톱을 막아냈다.

크르릉~!

괴물이 뜨거운 콧김을 내뿜었다. 시야는 상당히 제한된 상황.

'몬스터다!'

그러나 몬스터라는 건 확실했다. 재빠른 움직임, 검은색 실루엣. CCTV에 잡힌 모습과 상당히 비슷했다.

경찰관 한 명이 주저앉았다.

털썩, 소리가 났다. 그는 방금 꿰뚫릴 뻔한 자신의 목을 감싸 안고 '오, 신이시여'라고 중얼거리는 중이었다. 오줌을 싸지 않은 것이 다행이라면 다행이었다. 목이 따끔거렸다. 피도 한 방울 흘러나왔다.

만약 홍세영이 제때 막지 않았다면 아마 자신은 시체가 되었으리라.

'저, 저게 도대체 뭐야? 슬레이어는 확실히 아닌 것 같은데……'

몬스터는 굉장히 재빨랐다. 우거진 수풀과 나무 사이를 요리조리 뛰어다니며 이쪽을 노리고 있는 것 같은데, 으스스한 가을바람과 더불어 낙엽이 빠르게 밟히는 소리는 공포심을 불러일으키기에 충분했다.

"세영아. 네가 이 사람들 보호해."

홍세영이 고개를 끄덕였다. 저 몬스터는 세영과 비슷한 부류다. 빠르게 움직이며 기회를 엿보다가 한 방의 기습 공격을 노리는 스타일이다. 그 말은 그 강력한 한 방만 잘 막아내면 그렇게 크게 위협적이지는 않다는 소리다.

그리고 존재를 모를 때에도 이미 한 번 막아냈다. 그렇다면 존재를 아는 지금은 막아내기가 훨씬 수월할 것이다. 이명훈이 울상을 지었다.

"야, 나, 나, 나는? 나도 지켜줘!"

엄살을 부리는 것을 보니 아직 살 만한가 보다, 하고 현석은 피식 웃었다.

"넌 알아서 살도록 해."

"젠장! 나도 살려줘! 무섭단 말이야."

현석은 소리에 집중했다. 지금은 상당히 어두운 데다가 저 몬스터의 털—털인지 피부인지 확실치는 않지만 아마도 털이라 짐작되는—도 상당히 어두운 계통이어서 눈으로 분간하기가 여간 어려운 게 아니었다.

경찰관 중 한 명이 몸을 부르르 떨었다.

"제, 제, 젠장……."

슬레잉 경험이 없는 그에겐 지금 이 상황은 충분히 공포스러운 상황이었다. 수십 ㎝의 벌레만 봐도 혐오감 혹은 공포감을 느끼는 사람이 많다. 그런데 지금은 그런 수준이 아니라 인간보다도 더 커다란 괴물을 앞에 두고 있는 거다. 게다가 지금은 상당히 어두운 산속, 나무들 때문에 몬스터가 어디 있는지 제대로 알 수가 없는 상황이다.

슬레잉에 익숙한 슬레이어들도 이런 상황이 오면 긴장하고 두려움에 떨게 마련이다. 경찰관들이라고 해서 다를 건 없었다.

'제발… 제발…….'

마음속으로 살려 주세요를 계속 외쳤다. 그나마 다행인 것은 플래티넘 슬레이어가 앞에 있다는 것 정도. 그는 차분한 자세로 앞을 주시하고 있었다. 아무래도 몬스터의 방향과 위치를 파악하고 있는 중인 것 같았다.

경찰관들은 침을 꿀꺽 삼켰다. 그의 등이 저렇게 큰 줄 지금 처음 알았다. 그리고 깨달았다.

'몬스터가… 공격을 않고 주위만 빙글빙글 돌고 있어.'

처음에는 가장 만만한 상대라 할 수 있는 경찰을 향해 바로 공격을 해왔다. 이 말은 어느 정도 강자와 약자를 분간하는 능력이 있다는 소리다. 그리고 그 능력이 있는 몬스터가 함부로 접근을 못하고 있다.

사삭—사삭— 하고 계속 분주히 움직이는 게 느껴졌다.

'플래티넘 슬레이어 때문이다.'

아마도 저 몬스터는 인간에 대한 적개심과 플래티넘 슬레이어에 대한 두려움에 선뜻 도망은 치지 못하고 주위를 배회하며 기회를 노리는 것 같기는 했다.

그리고 그걸 알아차리지 못할 현석이 아니다.

'대놓고 틈을 줘야겠어.'

대체적으로 몬스터는 지능이 높은 편은 아니다. 대부분 본능에 의해 움직인다.

현석이 일부러 긴장을 풀고 허점을 보였다. 크리티컬 샷을 띄우라고 대놓고 광고하는 것처럼 말이다.

그리고 그때, 검은색 형상의 괴물이 현석의 등 뒤를 노리고 달려들었다.

크와앙!

가까이서 보니 검은색의 짧은 털로 뒤덮여 있었다. 두 다리에는 힘줄이 그득 솟아 있었고 허리는 얇은데 상체는 두꺼웠다. 얼굴은 마치 늑대의 형상 같았다.

입을 크게 벌리고 현석의 뒤에서 달려들었다.

주위가 굉장히 어두워 제대로 보이지는 않지만 이빨이 굉장히 날카로웠다. 그 기세가 자못 살벌하여 경찰들은 아무런 말도 하지 못하고 벌벌 떨었다.

전직 전투 슬레이어였지만 지금은 트랩퍼로 활약하고 있는 이명훈이 그들을 부축해 줬다.

물론 전투에는 나서지 않았다.

경찰들과 달리 홍세영은 현재의 상황을 정확히 파악했다.

'일부러 뒤를 내주고 있어.'

현재 저 몬스터는 현석만을 노리고 있다. 아마도 야생성이 살아 있는 몬스터 같다.

하지만 지능이 그렇게 높지는 않은 것 같았다. 만약 지능이 높았다면 이렇게 갑자기 보인 허술한 틈에 무턱대고 달려들지는 않았으리라.

입을 크게 벌린 채, 몬스터가 팔을 높이 들었다. 아무래도 주무기는 날카로운 이빨과 발톱 같았다.

몬스터가 팔을 높이 들자, 살 속에 숨겨져 있던 뾰족한 손톱이 무려 30㎝ 넘게 튀어나왔다.

홍세영이 그 짧은 순간에 레이피어를 꺼내들었다.

'저 발톱을 잠깐만 막아내면… 현석이가 치명타를 먹이겠지.'

홍세영이 일직선으로 곧게, 레이피어를 뻗었다. 사실 가만히 있어도 되긴 했다. 아마도 저 몬스터는 현석의 방어를 뚫지 못할 거다. 만약 공격력이 강하다면 현석의 반탄력 때문에 스턴이 걸릴 수도 있다.

하지만 세영이 먼저 부딪쳐 봄으로써 몬스터의 능력을 어느 정도 파악할 수 있다는 장점이 있다.

현석은 몬스터의 정보를 얻기엔 너무 과한 능력을 가졌다. 그걸 알기에 현석도 세영이 먼저 발검하는 것을 내버려 뒀다.

레이피어와 발톱이 부딪쳤다.

경찰관들은 입을 쩍 벌렸다. 저게 인간이 낼 수 있는 발검 속도인지 신기할 지경이다. 빛이 번쩍이는 것 같은 느낌까지 들 정도였다.

말로만 듣던 혹은 영상으로만 접하던 슬레이어의 슬레잉 장면을 실제로 보는 것도 처음이다.

채쟁!

날카로운 소리와 함께, 그극―! 그그극―! 긁히는 진동이 레이피어를 통해 세영의 어깨에 전달됐다.

'날카롭기만 한 발톱이 아냐.'

겉보기로는 날카롭지만, 아마 투박한 손톱이리라 짐작됐다. 그렇지 않고서야 이렇게 긁히는 느낌이 날 리가 없다.

'미세한… 톱날을 가진 발톱이다!'

처참하게 찢겨 죽은 시체들을 봤었다. 아마 이 손톱에 당한 흔적일 것이다.

홍세영이 만들어준 틈을 현석은 놓치지 않았다.

'이 정도 힘이면 되나?'

주먹을 뻗었다. 정교한 느낌의 펀치는 아니었다. 그러나 폭발음은 엄청났다.

쾅!

거대한 폭발음이 났다. 주먹과 안면이 부딪친 소리라고는 상상할 수 없을 정도로 거대한 소리가 터져 나왔고, 그 여파로 인한 것인지 나뭇잎이 우수수 떨어져 내렸다.

"흐, 흐악!"

한쪽 구석에서 숨죽이며 상황을 지켜보던 경찰들 위로 나뭇잎이 떨어져 내리자, 마치 귀신이라도 본 듯 경찰들은 기겁하며 바닥에 넘어졌다.

폭탄이라도 터진 줄 알았다. 저게 진짜 인간이 맞나 싶다. 몬스터가 무서운 건지 저 플래티넘 슬레이어란 사람이 무서운 건지 구분이 안 갈 정도다.

현석의 주먹에 안면을 그대로 강타당한 몬스터는 깨갱! 깨

개갱! 하고 강아지가 얻어맞을 때와 흡사한, 애처로운 소리를 내며 뒷걸음질 쳤다.

실드 게이지는 완전히 사라졌고 남은 H/P마저도 간당간당했다. 그래도 확실히 트윈헤드 트롤보다는 강한 개체였다. 트윈헤드 트롤은 대충 쳐도 그냥 죽는다. 하지만 이 몬스터의 경우는 그래도 어느 정도 힘이 담긴 주먹을 버텨냈다.

그러나 그래 봤자 겨우 한 번의 공격을 받아냈을 뿐이다. 다시 한 번 공격하면 끝날 터. 그런데 문제가 발생했다.

아까 경찰들이 쓰러지는 것까지는 확인했다. 그러나 별로 신경 쓰지는 않았다. 그냥 넘어졌을 뿐이고 일이 처리된 다음 데려가면 그만이니까. 그런데.

"으아아아아악!"

비명이 터져 나왔다. 산속에 남자의 비명이 메아리쳤다. 단순히 놀라서 나오는 비명이 아니었다.

고통에 가득 찬 그 비명 소리에 현석이 황급히 그쪽을 봤다. 한쪽 팔이 너덜너덜해진 경찰관 두 명이, 무언가에 의해 끌려서 어둠 속으로 빠르게 사라지고 있었다. 그것도 각기 다른 방향으로.

현석이 황급히 뛰기 시작했다.

'젠장! 한 마리가 아니었다!'

살인 수법이 한 가지라서 단 한 명(?)의 소행인 줄 알았었다. 그래서 단일 개체라는 것에 초점을 맞추고 수사를 진행했었는데 한 마리가 아니었다.

지금 이 시점에서 가장 약한 두 남자가 몬스터들에 의해 끌려갔다.

CHAPTER 9

현석은 빠르게 달렸다. 기본적으로 속도 자체는 현석이 늑대보다 빨랐다. 세영 역시 그 특유의 몸놀림으로, 육체적인 스펙 자체는 현석보다 낮았지만 잘 따라왔다. 명훈 역시 스피드는 둘에 비해 느렸지만 신기하게도 잘 쫓아왔다.

몬스터보다 속도적인 면에서 확실한 우위를 차지하고 있던 현석인지라 빠르게 한 마리를 붙잡아 머리통을 내려쳤다. 전력을 다했다. 전력을 다한 주먹질에 몬스터는 순식간에 사체가 됐다.

[웨어울프를 최초로 사냥했습니다.]

[쉬운 업적으로 인정됩니다.]

[보너스스탯 +3이 주어집니다.]

[노멀 모드 규격을 초과한 스탯으로 인한 페널티로 50퍼센트 차감되어 지급됩니다.]

이름은 웨어울프. 최초 슬레잉의 업적이 인정되어 +3 스탯이 주어졌다.

[웨어울프 슬레이어의 칭호를 획득합니다.]

슬레이어의 칭호가 늘었다. 칭호 효과를 확인할 겨를도 없었다.

"이봐요, 괜찮아요?"

경찰관 한 명의 어깨는 거의 찢어지다시피 했다. 웨어울프의 악력이 생각보다 굉장히 강했던 모양이다.

'젠장.'

또 한 명을 구하러 가긴 해야 한다. 지금 뛰면 아마도 따라잡을 수 있을 거다. 하지만 확실히 잡을 수 있을 거란 보장이 없다. 물론 현석은 빠르다. 그러나 나무 사이를 요리조리 옮겨 다니며 산을 활보하기는 힘들다. 게다가 굉장히 어두워서 시야도 제한되어 있는 상황이다. 수영 100미터 세계 챔피언 선수는 물론 빠르지만, 그 선수가 육상 100미터에서도 세계 챔피언이라고 할 수 없는 것과 비슷한 이치다.

게다가 문제는 또 있다.

"세영아, 너 혼자서 전투 필드 펼칠 수 있는 시간이 얼마나 돼?"

"6분… 정도……."

6분이면 준수한 편이다. 최상위 급 슬레이어들은 전투 필드를 오랫동안 펼치지 못한다. 종원 같은 경우는 '초' 단위다.

"명훈이 넌?"

"나도 대충 그 정도."

지금 남은 웨어울프가 딱 한 마리라면 여기에 내버려 두고 얼른 지원을 요청한 뒤, 웨어울프를 잡으러 가면 된다. 그러나 한 마리라는 확신이 서질 않는다. 아마도 무리를 지어 생활하는 놈들인데, 현석이 발견한 놈은 따로 잠깐 떨어져 나와 있던 듯했다.

피를 흘리는 경찰관이 제발 그 친구를 구해 달라고 사정했다. 현석은 아주 잠깐 생각에 빠져들었다.

'괜히 그 사람을 구하려다가 세영이가 위험해질 수도 있어.'

이미 웨어울프와의 거리는 제법 벌어진 상태다. 쫓아가려면 현석의 능력만으로는 힘들고 명훈의 탐색 스킬이 있어야 한다. 그렇다면 적어도 명훈은 데려가야 한다는 뜻이다. 그리고 세영에게는 이 경찰을 맡겨 적절한 치료를 받게 해야 한다.

현석이 최상급힐로 외적인 상처는 아물게 만들었으나 이미 출혈이 꽤 진행된 상태였다. 힐은 외상에 탁월한 효과를 보이는 거지 없어진 피까지 새로 만들어주는 건 아니다. 슬레이어의 경우는 H/P를 채워주는 역할이지만.

만약 이 경찰이 슬레이어였다면 완치됐을 거다.

어쨌든 명훈과 함께 다른 경찰을 구출하러 가려면 세영을 혼자 남겨둬야 한다는 뜻인데 그럴 수는 없는 노릇이다. 아무리 그녀가 강하다고는 해도 웨어울프와 일대일로 싸워서 이길 수 있다는 확실한 보장이 있는 것도 아니고 말이다.

'같이 데려갈 수도 없어. 이 사람도 출혈이 너무 심해. 차라리… 한 명이라도 구하도록 하는 게…… 지금으로썬 최선이다.'

현석은 말없이 그를 업고서 산 아래쪽을 향해 달리기 시작했다. 현석의 생각을 파악한 이명훈과 홍세영도 짐짓 씁쓸한 표정을 지었지만 이내 그의 뒤를 따라 달렸다. 그 와중에 이명훈이 한국 유니온과 경찰에 연락을 넣었고, 그 즉시 백련산은 출입 금지 구역으로 선포되었고 유니온에서 상위 급 슬레이어들을 급파했다.

현석이 백련산 입구에 도착했을 때에, 민간인들이 경찰의

통제에 따라 대피를 하는 중이었고 슬레이어들이 도착했다. 밤늦은 시간임에도 불구하고 대처가 빠르게 이루어졌다. 현석은 혼절한 경찰관을 병원에 이송하도록 하고서 다시금 산을 타기 시작했다.

＊   ＊   ＊

불과 하루 만에, 한국이 발칵 뒤집혔다.

유니온에서 급파한 슬레이어들과 경찰들이 샅샅이 수색한 결과, 웨어울프가 무려 8마리나 사냥된 것이다. 그중 6마리가 슬레이어에 의해 사살되었고 2마리가 군에 의해 사살됐다. 그 과정에서 슬레이어 8명이 죽었고 군경 병력 30명이 죽거나 다쳤다.

〈서울 연쇄살인마. 몬스터의 소행으로 밝혀져!〉

〈새로운 몬스터, 웨어울프. 서울 시민들 두려움에 밤잠 설쳐.〉

〈늦은 시각. 산 주변의 시민들은 외출을 자제해야.〉

문제는 그 웨어울프가 전부가 아닐 거라는 예측이 지배적이었다. 과거, 아주 오래전에는 호랑이가 굉장히 무서운 존재였다. 호환마마라는 말이 있었을 정도였으니까. 현대사회에 있어서 웨어울프가 바로 그 당시의 호랑이와 비슷한 존재라고 할 수 있었다.

"무서워서 밤에 돌아다니기나 할 수 있겠어?"

"그래도 확률상으로 웨어울프를 만날 확률은 거의 0프로나 다름없으니까."

확률상으로는 그렇다. 서울인구 1,000만 명 중 웨어울프에 의해 당한 사람은 고작해야 10명도 되지 않는다. 하지만 그거야 어디까지나 확률이고, 특히나 산 근처에 사는 사람들은 공포에 떨어야만 했다. 실제로도 산 주변의 집값이 폭락했다.

"그래도 무기가 통하는 걸 보면……. 군에서도 대대적인 소탕 작전에 나설 모양이야."

현대 무기가 통한다. 그 말은 즉, 경찰이나 군인들도 웨어울프를 사냥할 수 있다는 뜻이었다. 시민들의 생각은 적중했다.

시간이 지나면서, 웨어울프의 개체 수는 점점 늘어나기 시작했다. 그리고 군에서도 전면적인 소탕 작전을 실시했다. 슬레이어들의 참여도는 낮았다. 슬레잉 자체가 쉽지 않은 몬스터였다. 굉장히 빠르고, 밤에만 돌아다니는 습성이 있어서 낮에는 발견이 안 되었다. 그도 아니면 밤에만 생성되는 몬스터라든지.

어쨌든 그런 어려움이 있는데도 불구하고 옐로스톤도 아니고 그린스톤을 드롭했다. 그럴 바에야 차라리 트롤이나 트윈 헤드 트롤을 잡는 게 낫다. 트롤류 몬스터의 재생력이 짜증나긴 하지만 웨어울프만큼 위험하지는 않다. 다시 말해, 웨어울프의 슬레잉은 시간 대비 얻을 수 있는 보상이 적다는 소리다. 가성비가 떨어진다.

그래서 군에서 전면적인 소탕 작전을 펼쳤다. 처음에 그 성과가 굉장히 좋았다. 군에서도 그 사실을 적극적으로 알리며 자신들의 성과를 국민들에게 홍보했다. 그 사이, 웨어울프에 의한 민간인 사망자도 발생하지 않았다. 웨어울프에 대한 공포심이 많이 사그라들었다.

그런데 커다란 문제가 발생했다.

〈충격! 전국적으로 군 병력 2천 명 사망.〉
〈2천 명의 장병 사망. 부상은 4천여 명. 충격적인 결과.〉

전국적으로 6천여 명의 사상자가 발생했다. 그 안타까운 소식에 한국 전체가 슬픔과 공포에 빠져들었다.

그런데 더욱더 문제는 다음과 같았다.

〈몬스터 웨이브 당시 밝혀진 법칙. 이번에도 통용된다는 주장이 일어.〉

〈한국 유니온, 조사 착수.〉

몬스터 웨이브 당시 밝혀진 법칙이 있다. 몬스터 웨이브 때 나오는 몬스터들을 현대 무기로 사냥하면, 그 다음 날 리젠되어 다시 나타난다. 그런데 아무래도 웨어울프도 마찬가지라는 얘기가 나돌기 시작했다.

그리고 그 말은 한국 유니온에 의하여 사실로 입증됐다. 몬스터의 리젠 현상은 몬스터 웨이브에만 국한된 얘기가 아니었다.

그리고 여태껏 커다란 피해 없이 웨어울프를 잘 사냥해 오던 슬레이어와 군경이 하룻밤 사이에 왜 2천 명이나 죽게 되었는지도 밝혀졌다.

*   *   *

정부와 군은 욕을 엄청 먹었다.

사실상 정부는 억울한 상황이다. 몬스터가 나타났고 현대 무기로 살상이 가능했다. 일반 시민들의 피해를 우려하여 웨어울프가 나타나는 지역을 봉쇄하고 대규모 소탕 작전을 펼쳤으며 그 작전은 어느 정도 성과를 봤다. 실제로, 그때까지만 해도 국민들은 군이 잘하고 있다며 칭찬했었다.

그러나 몬스터 웨이브 때와 마찬가지로 현대 무기에 의해 사냥된 웨어울프는 다음 날이면 똑같이 리젠된다는 것이 밝혀지고 수많은 장병이 죽거나 다치게 되면서 오히려 욕을 먹게 됐다. 움직이지 않아도 욕을 먹고 움직여도 욕을 먹는 상황이다.

인터넷에서도 얘기가 뜨겁게 달아올랐다.

―웨어울프가 보름달이 뜨는 날이면 겁나 세진다고 하던데…….

―원래는 그린스톤 드롭하는 데 보름달 뜨면 옐로스톤 떨군다고 하네요.

―근데 솔직히 옐로스톤이나 그린스톤이나 그래 봤자 1억 차이인데……. 차라리 약할 때 잡는 게 나을 듯.

그리고 또 하나 이슈가 된 것은 웨어울프가 특정한 날에 특히 강해지며, 그날은 그린스톤이 아닌 옐로스톤을 드롭한다는 사실이었다.

현재까지 옐로스톤을 드롭하는 몬스터는 발견되지 않았다. 트랩퍼가 찾아낸 히든 던전을 클리어 했을 때에만 주어지는 보상이었다. 그러나 세상에 히든 던전을 찾아낼 수 있는 트랩퍼가 어디 그리 흔하던가. 일단 찾는 것부터가 힘들뿐더러, 찾왔다 하더라도 그것을 제대로 클리어할 수 있는 길드는 거의 없었다.

현석 개인이 소유한 옐로스톤이 300개에 이르는데, 그동안 한국 전체에 풀린 옐로스톤이 겨우 200개밖에 안 된다는 사실은 옐로스톤이 얼마나 얻기 힘든 아이템인지 알 만한 대목이다.

여론에 힘입어, 그리고 또 현실적인 문제 때문에 정부와 군은 슬레이어들에게 작전권을 상당 부분 양도해야만 했다. 몬스터 웨이브에 이어서 웨어울프의 등장까지. 슬레이어들의 힘과 목소리가 더욱 높아졌다고 할 수 있겠다.

여론을 등에 업은 한국 유니온은 앞장서서 정부와 협상을 벌였다. 본격적인 슬레잉은 슬레이어들이 하지만 슬레이어들에 대한 보호는 군의 몫이었다. 군은 슬레이어를 충분히 보조할 수 있는 능력을 갖췄다.

성형이 말했다.

"맨 처음 몬스터 웨이브 때, 군과 슬레이어가 협조해서 조금씩 그 숫자를 줄여갔고 결국 오크 몬스터 웨이브는 쉽게 막아낼 수 있었어."

"그랬죠. 군의 화력은 충분히 도움이 되고도 남아요."

"어쨌든 잘된 일이야. 웨어울프는 몬스터 웨이브보다 위험하지 않고, 습성도 어느 정도 파악되었으니까……. 사망자는 물론 발생하겠지만 정부로부터 두둑한 보상금과 지원을 약속 받았으니 슬레잉도 할 만할 거야. 너는 어떻게 할래?"

"저는 명훈이가 던전을 찾았다고 해서요."

"그래."

성형은 현석에게 웨어울프 슬레잉을 강요하지는 않았다. 웨어울프 슬레잉은 가성비가 안 맞는다. 잡기는 힘든데 보상은 약하다. 그나마 보름달이 뜨는 밤이면 옐로스톤을 드롭한다는 장점은 있지만 차라리 그 시간에 명훈과 함께 노멀 던전 하나를 클리어하는 게 낫다.

현석이 말했다.

"그런데… 형님. 보름달이 뜨는 날이면 옐로스톤을 드롭할 수준의 몬스터가 되는데……. 그땐 어떻게 하시려고요? 무리하게 슬레잉을 진행했다가는 사망자가 엄청 발생할 텐데?"

"그땐 슬레잉을 전면 금지할 거야. 너무 위험해. 슬레이어 대신 군 당국이 나서서 섬멸 계획을 짜고 있어. 어차피 다음 날 리젠된다고는 해도……. 훨씬 약해지니까."

현석이 쩝, 하고 입맛을 다셨다.

"걔네들을 뭐 한 곳에 유인할 수만 있으면 제가 처리해도 되는데요."

수많은 슬레이어를 죽음으로 몰아간 괴물 같은 능력치의 웨어울프지만 현석에게는 두 당 2억 원이 넘는 아이템으로 보였다. 현석에게 있어서 2억이 그렇게 큰돈이라고 할 수는 없었지만 또 반대로 그렇게 적은 돈이라고 하기도 어려웠다.

원래의 웨어울프도 제대로만 때리면 한 방에 슬레잉이 가능하다. 강력해진 웨어울프라고 하더라도 두세 방 정도면 슬레잉이 가능할 거라고 생각했다. 그렇다면 주먹질 두세 방에 2억 원을 얻을 수 있는 건데, 그 정도면 결코 손해 보는 장사가 아니다.

게다가 웨어울프는 싸이클롭스와 자이언트 터틀을 제외하고 가장 상위 급의 몬스터라고 할 수 있다. 필드 몬스터로는 유일하게 옐로스톤을 드롭하는 몬스터가 아닌가.

'그때 인하 길드원 전부 데려가서 잡으면 경험치 왕창 줄 텐데.'

현석은 아이템을 많이 얻을 수 있어서 좋고, 인하 길드원들은 경험치를 많이 올릴 수 있어서 좋다.

성형이 침음성을 삼켰다.

"그런 방법도 있었네. 몬스터를 유인한다라……. 왜 진작에 그 생각을 못 했지."

*　　　　*　　　　*

임팩트 컨트롤과 파워 컨트롤은 액티브 스킬이다. 그 말은 즉, 현석의 M/P가 허락되는 한도 내에서는 무한정 계속 사용하며 레벨을 올릴 수 있다는 소리다. 물론 두 스킬 모두, 공격을 하고 반탄력이 발생하는 '적'이 있을 때의 얘기긴 하지만 현석은 요즘 스킬 올리는 재미에 빠졌다.

명훈의 탐색 스킬이 최상급을 넘어 그린 등급까지 이르게 되자 이젠 아예 수련 던전과 노멀 던전을 구별할 수 있는 능력까지 생겼다. 현석은 '그린 등급'의 스킬을 갖추려면 스탯 200이 필요하다고 여기고 있다.

확실한 건 아니다. 현석이 '상급힐 스킬북'을 통해 그린 등급의 힐을 획득한 것이 스탯 200을 초과해서였으니, 아마도 스탯 200을 넘기면 그린 등급의 스킬이 나타난다고 짐작하고 있을 뿐이다.

명훈의 경우는 스탯 200이 되려면 아직 멀기는 했으나, 현석과 달리 보너스 스탯을 모두 '탐색' 스킬에 올인해 버렸다. 확실히 괴짜는 괴짜였다. 명훈처럼, 본신 능력이 아닌 스킬에만 스탯을 모두 소비해 버리는 슬레이어는 극히 드물었으니까.

어쨌거나 그린 등급의 탐색 스킬을 갖게 된 명훈은 수련 던전도 곧잘 찾아냈다.

현석이 말했다.

"이제 슬슬 준비해. 나랑 세영이만 업하면 던전 클리어 조건 완수되니까."

"예썰."

인하 길드원의 모두가 장난스레 말했다. 처음에는 긴장됐는데, 이것도 몇 번 하다 보니 제법 여유가 생겼다.

연수가 얼굴이 잔뜩 붉어져서는 말했다.

"저, 저기……. 민서야. 조금만 더 떨어져 줘."

이미 50㎝는 떨어져 있었는데 더 떨어지라는데 연수의 말에 민서가 장난스레 인상을 찡그렸다.

"뭐예요? 아저씨는 만날 나만 싫어해."

"그, 그런 게 아니라……. 마누라한테 혼나."

"던전 안인데 어떻게 알아요?"

"그, 그래도……."

민서는 킥킥대고 웃었다. 슬레잉을 할 때면 굉장히 듬직하고 믿을 만한 남자인데 어째 그때가 아니면 좀 귀엽다. 아내한테 잡혀 산다는 말을 듣기는 했는데 연수의 경우는 지나칠 정도였다.

평화도 빙그레 웃었다. 현석이 다시 말했다.

"준비해."

민서와 평화가 연수 뒤에 섰다. 그런데 명훈도 연수 뒤에 숨었다. 연수가 아무리 덩치가 크고 넓은 등판을 가졌어도 세명의 사람이 숨기에는 조금 좁다. 심지어 명훈이 가운데 섰다. 그러니까 제일 보호받기 편한 위치에 선 거다.

종원이 소리쳤다.

"야! 피노키오 새끼야! 넌 왜 거기 서 있어!"

명훈도 지지 않고 소리쳤다.

"보스 몹은 무서우니까! 강하니까! 그리고 난 연약하니까!"

"아이씨, 빨리 일로 안 와? 한 방 맞아도 안 죽잖아!"

"크리티컬 샷 뜨면 죽거든!"

"완전히는 못 피해도 대충 피할 수는 있잖아! 빗겨 맞으면 살아! 그럼 누가 힐 해주겠지! 얼른 튀어나와 이 피노키오 새끼야!"

현석은 수련 던전 내 석판을 때리다 말고 피식 웃었다. 명훈은 지금 엄살을 엄청 부리고 있다. 지금은 저리 움직여도 실제로 보스 몬스터가 나타나면 얼른 자리를 피해 줄 거다. 말 그대로 저건 그냥 엄살이다.

아니나 다를까,

[수련 던전의 클리어 조건이 완수됩니다.]

[보스 몬스터가 나타납니다.]

알림음이 들려옴과 동시에 명훈이 얼른 자리를 피해줬다. 연수가 평화와 민서를 보호하고 세영이 즉시 축소판 자이언트 터틀의 어그로를 끌어당겼다.

[노멀 모드 규격을 초과한 스탯으로 인한 페널티가 적용됩니다.]

[보스 몬스터의 특수 공격 사용 제한이 풀립니다.]

홍세영이 시작하자마자 어그로를 끌어당기는 건, 바로 자이언트 터틀의 산성액이 광범위 공격이라는 것에 있다. 연수와 최대한 거리를 벌린 상태로 자이언트 터틀의 시선을 분산시켜 자신 쪽으로 공격을 유도하여 민서와 평화의 안전을 확보한다. 혹시 몰라 세영과 종원이 동행한다. 종원의 경우 힘 스탯이 100을 넘었고 피부에 직접 접촉만 아니라면 자이언트 터틀의 산성 공격이 크게 위험하지는 않다. 그래서 만약에라도 있을지 모를 위험에서 세영을 보호하기 위해 세영의 옆에 선다.

그리고 현석이 그 틈을 타 집중 공격하는 형식이다. 이미 여러 번 수행했고 덕분에 별다른 피해 없이 자이언트 터틀을 슬레잉할 수 있었다.

[수련 던전을 클리어했습니다.]

[쉬운 업적으로 인정됩니다.]

보너스 스탯 +3이 주어졌다. 물론 현석은 페널티로 인해 반밖에 못 받는다. 옐로스톤 100개가 보상으로 주어졌고 그중 80개가 현석의 인벤토리에 들어왔다.

평화가 말했다.

"그런데 어째서 저희는 옐로스톤 외에 다른 아이템을 얻은 적이 없는 걸까요?"

종원도 고개를 갸웃했다.

"그러니까. 우리처럼 보스 몹 많이 잡는 파티도 없는데, 어떻게 이럴 수가 있지? 이것도 현석이 네 페널티 때문 아니냐?"

현석도 그 말에 일리가 있다고 생각하기는 했는데 꼭 그렇지만도 않았다.

"이지 모드 때에는 나도 아이템을 얻었었는데?"

종원이 어깨를 으쓱했다.

"노멀 모드에 들어서 그 페널티가 적용된 거 아니냐? 시스템 알림음은 없었고?"

"어. 없었어."

"하기야 아이템이 뭔 상관이냐? 우왓! 나 이번에 아무것도 한 거 없는데 옐로스톤이 무려 2개나 들어왔어!"

종원이 싱글벙글 웃었다. 만세를 부르며 크게 외쳤다.

"나는 존나 부자다!"

참고로 현석에게는 80개 들어왔다.

       *   *   *

현석이 수련 던전을 클리어하고 나왔을 때, 성형으로부터 부재중 통화가 여러 통이나 와 있었다.

수련 던전은 원래 클리어하는 데 시간이 오래 걸린다. 최소한으로 잡아도 12일인데, 최근에는 그 시간이 더 늘었다. 그럼에도 불구하고 민서를 데리고 간다는 것은, 현석이 슬레잉에 대한 부정적인 생각을 많이 벗었다는 얘기도 된다.

현석은 성형으로부터 재미있는 얘기를 들었다. 최근 며칠간 웨어울프 슬레잉이 활성화됐고 어느 정도 성과도 이루었단다.

여러 가지 사냥법들이 개발되고 이제는 사망자 수도 거의 발생하지 않고 있다고 했다. 최근 10여 일간 민간인 사망자 수도 단 한 명도 없었고, 잠시나마 공포의 대상으로 군림하던 웨어울프는 이제 '상대하기 까다로운' 개체 혹은 '가성비가 안 맞는 개체' 정도로 인식되고 있는 실정이란다.

그런데 내일이 바로 만월이 되는 날.

"몬스터를 유인할 수 있다고요?"

"그래. 웨어울프는 보름달이 뜨는 날 훨씬 강해져. 그리고 아마……. 발정이 나는 것 같아."

한국 유니온에서는 불과 며칠 만에 그러한 사실을 알 수 있었고 웨어울프를 유인하는 방법을 알아냈단다.

그동안 알아낸 사실에 의하면 웨어울프 암컷은 거의 움직이지 않는단다.

그리고 수컷이 주로 돌아다니는데, 암컷의 체취만 맡아도 기를 쓰고 달려든다고 했다.

인하 길드가 수련 던전 내에서 시간을 보내던 사이 꽤 많은 발전을 한 모양이다.

"운 좋게 웨어울프 암컷을 슬레잉했는데, 가죽이 드롭됐거든. 웨어울프 암컷의 가죽이라는 특별한 명칭이 있어서 그걸 토대로 조사해본 결과 알 수 있었어. 확실히 효과도 제법 있었고. 특히나 보름달이 뜨면 발정이 나게 되니까 충분히 유인이 가능할 거야. 냄새를 증폭하는 기계도 출시할 예정이고."

성형은 ㈜소리의 대주주다. 아마도 이것을 이용하여 웨어울프를 유인하는 기계를 출시할 생각인 듯했다.

지금은 한국에서만 웨어울프가 발견되고 있지만 조만간 다른 곳에서도 웨어울프가 발견될 테니까.

웨어울프가 무서운 점은 빠르고 기민하며 기습을 한다는 것에 있다.

물론 각 개체의 힘도 상당하긴 하지만 일단 한 번 한 곳에 몰아넣은 다음, 현대 무기를 통해 공격을 가하고 마무리를 슬레이어가 짓는 형식으로 싸우면 충분히 쉽게 슬레잉이 가능하다고 했다.

"그래도 당장 실용화는 어려워. 그래서 네가 나서줬으면 한다."

현석이 씨익 웃었다.

"인하 길드 애들 다 데리고 갑니다, 그럼."

아까 전, 부자다! 라고 소리쳤던 하종원의 장난스런 얼굴이 떠올라 피식 웃었다. 웨어울프를 유인할 수 있단다. 적어도 7마리. 많으면 10마리 정도의 수컷이 무리를 이루는 것 같았으니 내일은 만월이 뜨는 날이니 확률적으로 보면 대략 5~7개의 옐로스톤을 획득할 수 있다. 게다가 경험치도 제법 많이 주는 모양이니, 인하 길드원들에게 도움이 많이 될 거다.

'게다가 일정 시간 내에 처리하면 업적이 인정될 가능성이 높아. 옐로스톤을 드롭하는 개체니까.'

플래티넘 슬레이어가 '만월의 웨어울프' 슬레잉 작전에 동참한다는 사실이 알려졌다.

요즘 들어 가장 많이 언급되는 인물이 바로 플래티넘 슬레이어다.

싸이클롭스를 슬레잉했고 몬스터 웨이브를 막아냈으며 맨 처음 웨어울프를 발견하여 사냥했다.

사실과는 많이 다르지만 현석이 처절한 결투와 살신성인의 자세를 통해 세상의 희망이 되고 있는 중이다.

〈살신성인의 슈퍼 히어로. 만월의 웨어울프 슬레잉 도전!〉
〈과연 플래티넘 슬레이어. 공익과 대중을 위해 칼을 뽑다!〉

솔직히 칼은 안 뽑았다. 현석은 그냥 주먹으로 싸운다. 그리고 살신성인 자세도 안 가졌다.

이제 시스템에 대한 이해도가 좀 높아졌고 그걸 이용해 먹을 줄 안다.

'일정 시간 내 일정 숫자를 처리하면 분명히 업적이 인정될 거야. 게다가 옐로스톤이고. 애들 경험치도 짭짤하게 챙겨 줄 수 있고.'

하지만 아무런 대비도 없이 인하 길드원들을 그냥 데려갈 수는 없는 노릇이다.

현성은 유니온에 연락을 넣었다.

"웨어울프 사냥을 하기는 하겠는데……. 제가 구상한 게 하나 있거든요. 그거 좀 부탁드릴게요."

옐로스톤을 드롭할 만큼 강해진 개체, 웨어울프를 안전하게 사냥하기 위해 현석이 한 가지 타개책을 내놓았다.

*　　　　*　　　　*

한국의 슬레이어 1만여 명 중 약 1퍼센트. 그러니까 100명 정도는 한국 유니온 내 등급제에 따르면 골드 등급을 가지고 있다. 통상적으로 그들을 일컬어 최상급의 슬레이어라고 부른다. 그리고 그중에서도 또 골드 등급의 슬레이어로만 이루어진 길드도 있다.

'강남 스타일'이 바로 그 대표적인 예다. 사실상 골드 등급의 슬레이어로만 길드를 꾸리기란 굉장히 어렵다. 일단 그 정도의 고급 인력이 한 길드에 몰려 있으면 수익 배분이 애매해진다. 워낙에 어느 길드를 가도 제 몫 이상을 할 수 있는 사람들이 모여 있다 보니 약간 실력 차이가 나는 슬레이어들과 길드를 꾸려야 골드 등급의 슬레이어들에게 유리하기 때문이다.

예를 들어 던전을 클리어해서 그린스톤 100개를 얻었다고 했을 때에 강남 스타일에서는 그린스톤을 균등하게 5개씩 나눠가진다고 한다면, 다른 길드에서 활약하면 10개는 가져갈 수 있다. 기여도에 따른 차등 분배 방식이 적용되고 있으니까. 물론 강남 스타일은 '중복 길드' 제도를 채택하고 있다. 예전에 종원이 속해 있었던 한진 소속 I'UET도 마찬가지였다. I'UET에 소속되어 있으면서도 임시 길드를 꾸려 슬레잉이 가능했다. 강남 스타일도 마찬가지였다.

어쨌든 강남 스타일은 골드 등급의 슬레이어로만 이루어진, 단일 길드로서는 최강의 전력을 자랑하는 한국 최고의 길드라고 할 수 있다. 플래티넘 슬레이어의 바로 뒤를 잇는 강한 길드라고 할 수 있겠다.

강남 스타일의 길드장 김상호가 말했다.

"성형아, 할 말이 있다."

김상호는 공격형 슬레이어다. 힘과 민첩을 골고루 올린 전형적인 전사 스타일이다. 성형과는 5대 길드 시절일 때부터 알았다. 더 정확히 말하자면, 성형이 I'UET의 부단장일 때 김상호는 I'UET의 단장이었다.

"우리도 이번에 참여하면 안 되겠냐?"

"웨어울프 슬레잉이요?"

"그래. 아무리 강해진 웨어울프라고 해도 강남 스타일 정도면 충분히 상대가 가능할 것 같은데. 어차피 7마리 정도면……."

김상호가 잠깐 말을 끊었다가 다시 이었다.

"아니. 솔직히 우리 길드만으로는 힘들 거 같고, 골드 등급의 슬레이어들을 좀 더 동원하면 안전하게 슬레잉이 가능할 것 같은데."

보통 한 지역에서 나타나는 웨어울프의 숫자는 약 7마리. 그러니까 골드 등급의 슬레이어가 여럿 뭉친다면 아무리 강해진 웨어울프라도 잡을 수 있다는 것이 김상호의 논리였다. 어느 정도 일리가 있는 말이었다.

한국 유니온에서도 긍정적으로 검토했다. 기사가 쏟아져 나왔다. 그런데 이게 플래티넘 슬레이어와 강남 스타일 간의 대결 구도처럼 세간에 알려졌다.

　　〈플래티넘 슬레이어 VS 100인의 골드 슬레이어〉
　　〈북한산은 플래티넘 슬레이어가, 여강산은 골드 슬레이어들이 맡는다!〉
　　〈강력해진 웨어울프. 옐로스톤 획득의 기회!〉

　　종원이 킥킥대고 웃었다.
　　"기가 차서 말이 안 나오네. 아무리 골드 슬레이어 100명이 모인다 해도 우리한테 쨉이 되겠냐?"
　　그랬다가 명훈과 눈이 마주쳤다. 침을 퉤! 뱉는 시늉을 했다. 실제로 뱉지는 않았다. 그래도 인정할 건 인정했다.
　　"에이 씨팔! 알았어. 우리 아니고 현석이한테. 쨉이 되겠냐!"
　　명훈이 그제야 만족한 듯 고개를 끄덕이자 종원이 투덜거렸다.
　　"생색내는 것도 못하게 해. 치사하게. 나도 생색 좀 내보자!"
　　명훈이 단호하게 말했다.
　　"생색낼 걸 내야지. 우리가 아니고 현석이가 킹왕짱인데. 쟤는 치트키잖아."

*　　　　　*　　　　　*

밤이 됐다. 주위엔 인하 길드밖에 없다. 안전상의 이유로 아무도 접근하지 못하게 했다. 다만 슬레잉에 지장이 없도록 엔지니어들이 조명만 밝혀 놨다.

민서와 평화는 임시로 설치한, 뒤쪽은 고압전류가 흐르는 7미터 높이의 벽 앞에 섰다. 뒤에서 공격당하는 것을 방지하기 위해 현석이 제안한 물건이고, 유니온 측에서 준비해 줬다. 그리고 그 앞을 연수가 막아섰다. 명훈이 또 거기 들어가고 싶어 하는 모양이었지만 종원에 의해 끌려 나왔다.

명훈이 무섭다고 엄살을 부리며 말했다.

"민서야. 넌 버퍼니까 방어막 스킬을 연습해 봐. 혹시 알아? 방어막! 방어막! 하고 외치면 훌륭한 방어막이 나올지!"

"에이! 그런 게 어딨어요!"

"안 되는 게 어딨어! 그냥 하다 보면 뭔가 되겠거니 하는 거지! 오늘부터 방어막을 천 번씩 외치도록 해. 방어막 생기면 나 그 뒤에 숨을 거야. 무서워 나. 나는 보호받아야 한다고."

종원이 명훈의 머리를 한 대 쥐어박았다.

"헛소리 하지 마. 이제 유인 시작할 거야."

현석이 주위를 둘러본 뒤 기기를 작동시켰다. 약 20분 정도가 지나자 웨어울프의 울음소리가 들려오기 시작했다. 기계가 제대로 작동하는 듯했다.

현석이 말했다.

"옐로스톤을 드롭하는 개체야. 다들 정신 똑바로 차리고 있어."

종원과 명훈도 장난은 그만뒀다. 이제 진짜로 슬레잉에 들어가야 하니까. 예전 보름달이 떴을 때에, 웨어울프에 의해 사망자가 다수 발생했다. 필드 몬스터로는 유일하게 옐로스톤을 드롭하는 개체다. 얼마나 강할지는 아직 모른다. 물론 현석보다 약하기는 하겠지만 위험할 수도 있다.

"준비해!"

웨어울프의 모습이 보이는 건 아니지만, 타닷! 타닷! 하고 빠르게 접근해 오는 소리가 들려왔다.

그리고 또 다른 곳에서, 강남 스타일 길드를 비롯한 골드 등급 슬레이어들도 전투 준비를 끝마쳤다. 강남 스타일의 길드장 김상호가 모두를 독려했다.

"우리도 플래티넘 슬레이어에게 뒤지지 않는다는 걸 보여주자!"

모두가 힘차게 대답했다.

"예!"

그들에게도 강화된 웨어울프들이 달려들기 시작했다.

그리고 또 다른 곳에서는 정말로 목숨을 건 경계 태세가 발령됐다. 숨 가쁘게 명령과 보고들이 오갔다.

"전방에 웨어울프의 반응이 나타났습니다!"

"모두 보호장구 다시 한 번 점검하도록! 발견되는 즉시 약속된 지점에 화력을 집중한다! 트랩들은?"

"모든 트랩 정상 작동 완료! 확인됐습니다!"

현대 과학 기술력과 작전을 총동원하여 군인들이 웨어울프를 맞이할 준비를 했다.

"오늘 하루만 버티면 된다! 모두 정신 똑바로 차렷!"

"옛!"

그리고 또 다른 곳에서는 플래티넘 슬레이어와 골드 등급 슬레이어들의 전력을 비교 분석했다. 슬레잉에 관한 정보로는 최대 규모를 자랑하는 '세이버'에는 스스로를 전문가라 주장하는 사람들 간에 토론의 장이 열렸다.

―아무리 플래티넘 슬레이어가 강하다고는 해도…….

―ㄴㄴ 아님. 아무리 골드 등급 슬레이어들이 떼거지로 몰려 있어도 플래티넘 슬레이어한텐 소용 없음 ㅇㅇ.

―내가 슬레이어라서 아는데 솔직히 골드 애들한테 더 유리한 조건임. 웨어울프가 자이언트 터틀만큼 강한 실드를 가

진 것도 아니고. 싸이클롭스만큼 센 것도 아님. 그니까 이런 어중간한 몬스터한텐 다구리가 최고임.

몬스터 웨이브를 현석이 어떻게 없애는지 봤다면 이런 토론이 벌어질 리 없었겠지만 하여튼 토론의 장이 열렸다. 토론은 거의 목숨을 걸다시피 하여 열정적으로 이루어지고 있었지만, 정작 목숨을 걸고 웨어울프를 막으려는 군인들은 사람들의 머릿속에 잊혔다.

대체적으로 사람들은 '골드 등급 슬레이어들에게 일정 수준 피해는 발생하겠지만 그래도 그들이 플래티넘 슬레이어보다 더 효율적으로 강화된 웨어울프를 사냥할 수 있을 것'이라고 생각했다.

각기 다른 곳에서 각기 다른 전투가 시작됐다.

CHAPTER 10

현석이 가장 먼저 웨어울프의 기척을 느꼈다.

'온다!'

기척을 느낌과 동시에 전투 필드를 펼쳤다.

"위다!"

현석이 가장 먼저 웨어울프를 발견했고 위를 향해 홍세영이
레이피어를 내질렀다.

"핫!"

짧은 기합성과 함께 홍세영의 레이피어가 웨어울프의 입안
을 정확히 파고들어 갔다. 이 정도면 확실히 크리티컬 샷이다.

세영에게 한 마리를 맡긴 현석이 주먹을 내뻗었다. 정교함으로만 따지면 홍세영이 한 수 위라고 할 수 있었으나 그 속도는 홍세영을, 파워는 하종원을 압도하고도 남았다.

퍽!

거대한 소리와 함께 옆구리를 강타당한 웨어울프의 실드 게이지가 단 한 방에 없어져 버렸다. 그 틈을 놓치지 않고 홍세영이 재빨리 달려들었다.

그리고 그와 동시에 스킬을 전개했다. 홍세영의 특수 스킬이다. 슬레이어들은 일부러 스킬명을 외친다. 자신이 지금 펼치는 스킬이 어떤 효과를 가지고 있는지 길드원들에게 알려주기 위해서다.

"샤이닝 샤워."

홍세영의 레이피어가 순식간에 7개로 늘어났다. 그리고 7개의 점을 강하고 빠르게 연속해서 찔렀다. 잔상이 빠르게 남아서, 마치 레이피어가 7개가 아닌 수십 개로 보일 정도였다.

거기에 더해 하종원이.

"으랏차!"

주무기인 거대한 해머를 들고 내려쳤다.

홍세영의 샤이닝 샤워는 굉장히 빠른 공격이며 몬스터의 움직임을 묶는 효과를 가지고 있다. 스턴까지는 아니어도 그 어지러운 공격에 제대로 방어하지 못한다. 제대로만 들어가면,

분명 틈을 만들어줄 수 있다.

종원 또한 스킬명을 입 밖으로 내면서 해머를 위에서 아래로 내려쳤다.

"라이트닝 해머!"

종원의 해머 끝에 황금색 스파크가 튀었다.

콰지직— 콰지직—!

전류가 방전되는 듯한 소리와 함께 종원의 해머가 웨어울프의 머리통을 정확히 후려쳤다.

콰과광!

현석이 실드 게이지를 벗겨낸 사이 홍세영과 종원이 합작하여 마무리 지었다.

"좋았어. 한 마리 끝!"

홍세영은 웨어울프의 손톱에 살짝 긁혔는데 평화가 얼른 상급힐을 펼쳐 H/P를 회복시켜 줬다. 저만치 뒤에서 민서가 외쳤다.

"Ratio Speed up!"

하종원이 씨익 웃었다.

"좋았어!"

하종원이 가장 좋아하는 계열의 버프다. 민서가 아무리 강해졌다고는 해도, Ratio 계열의 스킬을 익히는 한, 그렇게 크게 도움은 안 된다. 원래대로라면 그렇다. 그런데 종원의 경우는 스탯 쏠림 현상으로 인한 페널티가 존재한다. 몸이 굉장히 무겁고 느려졌다. 보조 슬레이어의, Ratio 계열 스킬 등급이 최상급에 이르면, 잠시나마 그 페널티를 일정 부분 없애준다. 물론 이 사실은 인하 길드만 알고 있다.

하종원이 더욱 빨라진 몸동작에 만족하며 소리쳤다.

"자! 간다!"

하종원이 장난기가 다분한 목소리로 얼토당토않은 스킬명을 외치며 공격에 들어갔다.

"졸라 강한 라이트닝 해머!"

명훈이 뒤에서 고개를 절레절레 저었다.

"진짜 창피하다."

그러면서도 탐색 스킬을 계속해서 사용하면서 혹시라도 있을지 모를 기습에 대비했다. 하종원과 홍세영은 제법 콤비가 잘 맞았다.

운 좋게 하종원의 라이트닝 해머로 인한 스턴이 발생하면 홍세영이 그림자 암습 스킬을 사용하여 급소를 정확하게 공격했고, 그사이 공격 딜레이가 풀린 하종원이 또다시 공격하는 방식으로 연타를 먹여 마무리 지었다.

하종원은 아주 만족스러운 웃음을 띠고서 말했다.

"정말 나는 대단한 것 같아."

확실히 대단한 성과다. 무려 웨어울프를 단둘이서 슬레잉하고 있는 거나 다름없었으니까. 평화가 뒤에서 응원해 줬다.

"두 마리나 잡았어요!"

"그럼! 난 대단하니깐!"

그 강하다는, 강화된 웨어울프를 이토록 쉽게쉽게(?) 슬레잉할 수 있을 줄은 몰랐다. 아마 다른 사람들이 보면 깜짝 놀랄거다. 트윈헤드 트롤만 해도 단둘이서 슬레잉한다는 것이 알려지면 엄청나게 이슈화가 될 문제다. 홍세영과 하종원의 콤비는 그만큼 강력한 콤비라고 할 수 있었다.

항상 티격태격하지만 지금은 기분이 좋은 듯 종원을 세영을 보며 활짝 웃었다.

"세영아 나이스!"

종원은 자신의 활약에 상당히 만족한 듯 다음 타깃을 찾았다. 두 마리를 이토록 수월하게 잡았으니 이제 남은 웨어울프들도 쉽게 잡을 수 있을 거란 확신이 섰다.

"좋아! 다음 놈은……."

주위를 열심히 둘러봤다. 그런데 아무리 살펴봐도 웨어울프가 보이지 않았다. 홍세영이 옆으로 지나가면서 작게 말했다. 그녀의 표정은 굉장히 무덤덤했다. 사실상 그녀도 기뻐하고는 있으나 티를 내지 않고 있는 것뿐이지만.

"바보."

이미 상황은 종료됐다.

[10분 이내에 웨어울프─(강) 10마리를 사냥했습니다.]

[참여 인원 7명. 업적의 등급을 판정합니다.]

[어려운 업적으로 인정됩니다.]

종원&세영 콤비가 2마리를 손쉽게(?) 처리하는 동안 유현석이 나머지 8마리를 혼자서 싹쓸이했다. 그러니까 도합 10마리의 웨어울프가 출몰했다는 뜻이다. 그리고 그 10마리가 10분도 안 되어 모두 쓸려 나갔다. 사실상 이건 말도 안 되는 일이다. 군인들을 포함해 수천 명의 목숨을 앗아간 웨어울프들이 이렇게 쉽게 슬레잉될 줄은, 심지어 인하 길드원들도 몰랐다.

현석이 옆으로 와서 피식 웃었다.

"네가 스킬명을 외치면서 난리법석만 안 피웠어도 한 마리는 더 잡았겠다."

종원은 당당하게 말했다.

"사람은 쇼맨십이 중요한 거야. 나중에 전파 탈 때를 대비해서 연습해 둬야지. 멋있잖아."

"픽이나 멋있겠다."

현석은 종원의 머릿속을 도통 모르겠다며 쿡쿡대고 웃었다. 그러다가 문득 생각난 듯 말했다.

"확실히 나 때문에 아이템이 드롭되지 않았던 게 맞는 거 같지?"

방금 전에, 현석은 웨어울프를 한 방에 처리하지 않았다. 힘을 조절해 웨어울프의 실드와 H/P를 조금 깎는 정도의 공격을 했고 마무리는 하종원과 홍세영이 했다. 그러자 아이템이 드롭됐다. 수련 던전에서 보스 몹을 레이드할 때부터 실험해 본 것인데, 현석이 마무리를 하는 경우에는 몬스터스톤을 제외한 아이템이 드롭된 적이 없었다.

방금 웨어울프가 드롭한 아이템은 홍세영이 주워 확인해 봤다.

"상급 체술⋯⋯?"

자, 하고 홍세영은 한 치의 망설임도 없이 상급 체술 스킬북을 현석에게 넘겼다. 그리고 별다른 말없이 현석을 물끄러미 쳐다봤다가 현석과 눈이 마주치자 이내 눈길을 피했다. 말을 곱게 해도 될 법한데, 괜히 퉁명스레 말했다.

"난 이런 거 필요 없으니까 너나 가져."

필요 없을 리 없다. 당장 가져다가 팔아도 수십, 수백억은 거뜬히 벌 수 있는 엄청난 가치를 지닌 물건이다. 물론 그 금액에 걸맞은 능력을 지닌 스킬인지는 사실 거론하기 어려운 문제지만 어쨌든 시세가 그랬다.

현석이 뭐라고 말하기도 전에 길드원들 전원이 만장일치로 상급 체술 스킬북을 현석에게 넘기겠다고 주장했다.

어느새 옆으로 다가온 연수가 머리를 긁적이며 말했다.

"우리… 이번에 또 어려운 업적 달성했잖아. 솔직히 우리끼리 있었으면 절대로 불가능한 일이야. 그러니까 정말 고맙다, 현석아. 역시 너는 최고야."

누가 순둥이 아니랄까 봐 우직하게 말을 하긴 하는데 굉장히 쭈뼛거리는 모양새였다. 말의 내용도 현석이 듣기엔 좀 오그라들었다. 결국 현석과 연수, 두 남자 사이에 어색한 기류가 흘렀다. 그 모습에 민서가 결국 킥킥 웃고 말았다.

"오빠한테 무슨 고백하는 사람 같네! 아저씨 안됐다. 우리 오빠 여자 좋아하는데."

"미, 민서야! 나도 유, 유부남인데……."

연수가 시뻘겋게 달아오른 얼굴로 우물쭈물 말을 이었고 모두가 기분 좋은 듯 웃었다.(참고로 민서는 나중에, 단둘이 있는 자리에서 버릇없다고 혼이 났다. 현석에게 말이다.) 어려운 업적도 이뤄냈고 스탯 보상도 받았다. 게다가 옐로스톤 5개를 획득했다. 이것만 해도 10억이다. 심지어는 상급 체술 스킬북까지 얻었다. 더욱더 좋은 건 아무도 다치지 않고 무사히 슬레잉을 마쳤다는 거다. 기분이 좋지 않으려야 않을 수가 없는 상황이다.

어쨌든 인하 길드는 보름달로 인해 강화된 웨어울프 무리를, 그것도 10마리를 그리 어렵지 않게 슬레잉했다. 보상도 짭

짤했다.

*　　　　*　　　　*

처음에는 플래티넘 슬레이어가 이끄는 길드의 업적에 대한
칭송이 자자했다.

〈플래티넘 슬레이어가 이끄는 길드. 단 한 명의 희생자도
없어!〉
〈역시 플래티넘 슬레이어. 10여 마리의 웨어울프 처치!〉

역시 플래티넘 슬레이어는 대단했다. 단 한 명의 희생자도
없이 웨어울프들을 처리했다. 대중들은 현석이 정확히 어떻게
싸웠고 슬레잉이 어떻게 진행되었는지까지는 모른다. 그래도
한 가지는 확실히 안다. 플래티넘 슬레이어는 감히 다른 어떤
전력과도 비교가 불가한 전력이라는 걸 말이다.

그 기사가 나간 후로부터 4일 뒤에는.

〈북한산 일대 웨어울프 더 이상 나타나지 않아.〉
〈보름달이 떴을 때, 슬레잉된 웨어울프, 리젠되지 않는 것
으로 밝혀져!〉

와 같은 소식이 발표되면서 북한산 일대는 축제 분위기에 휩싸일 정도였다. 물론 영원히 리젠되지 않는다는 보장은 없었다. 그러나 매일같이 밤을 공포에 떨게 하던 웨어울프가 무려 6일간이나 모습을 보이지 않고 있다는 사실은 상당히 고무적인 일이라고 할 수 있었다.

그러나 또 마냥 기뻐할 수도 없는 것이 예전 강남 스타일 길드를 필두로 하여 웨어울프 슬레잉에 나선 골드 등급 슬레이어들 중 무려 4명이 사망하는 안타까운 소식이 전해졌었다.

〈골드 등급 슬레이어와 플래티넘 슬레이어의 격차. 이 정도인가.〉

〈100명의 골드 등급 슬레이어가 도전하여 6마리 슬레잉 성공. 그러나 끝내 후퇴.〉

100명의 골드 등급 슬레이어가 자신 있게 도전했다. 그러나 시간이 흐를수록 웨어울프의 공격은 점점 더 강맹해졌다. 일반적으로 슬레잉이란 H/P가 감소하지 않는 것을 전제로 하여 진행된다. 그러나 이번에는 예외적으로 50퍼센트까지 감소하는 것을 각오하고서 슬레잉을 진행했었다. 하지만 그래도 무리였다. 그 와중에 6마리의 웨어울프를 죽일 수는 있었으나 힐러들의 MP가 바닥나고 전투 슬레이어들의 H/P가 계속해서 감소하게 되면서 결국 모든 웨어울프를 슬레잉하지 못하고 도중에 후퇴하고 말았다.

〈각 지자체. 플래티넘 슬레이어에게 구원 요청.〉
〈이후. 플래티넘 슬레이어는 어떤 행보를 보일 것인가!〉

그날, 골드 등급의 슬레이어만 죽은 게 아니었다. 군인들도 죽었다. 물론 웨어울프의 습성을 어느 정도 파악했고 장갑차 등을 활용하는 등의 방비를 단단히 했기 때문에 많은 사상자가 발생하지는 않았지만 작은 부상까지 포함하여 전국적으로 1천여 명의 장병이 죽거나 다쳤다.

그뿐만 아니라 군이 놓친 웨어울프들은 시내를 활보하기까지 했다. 다행이라고 말하기는 어렵지만 일반인의 피해는, 전국적으로도 10여 명에 그쳤다. 대부분의 사람이 정부와 유니온의 권고에 따라 집 밖으로 나오지 않았기 때문이다.

사람들은 모이기만 하면 이번 슬레잉에 관한 얘기를 나눴다.

"그러니까 결국 플래티넘 슬레이어만 제대로 처리할 수 있는 거네, 강화된 웨어울프를."

"맞아. 그 강하다는 강남 스타일도 별로 힘을 못 썼다잖아.

겨우 6마리 잡고 후퇴했대."

겨우 6마리가 아니다. 옐로스톤을 드롭하는 개체 6마리를 잡았다. 그것도 따로따로 격파한 게 아니고 거의 10마리나 무리를 지어 있는데 그중 6마리를 잡은 거면 굉장히 잘한 거다. 현석의 성과와 비교해서 초라해 보여서 그렇지. 원래대로라면 6마리나 한꺼번에 잡았으면 정말 잘했다고 칭찬해 줄 만한 일인데 좀 안타깝게 됐다.

"서울 사람들은 복 받은 거지. 플슬이 거기 있다며?"

"각 지자체에서 플래티넘 슬레이어 모셔 가려고 혈안이 되어 있다는 거 같던데?"

"당연하지. 지금 시기엔 플슬을 섭외해 오는 것도 하나의 능력이니까. 아마 다음 선거 때 영향을 끼칠 수도 있을 거야."

웨어울프를 가장 확실하게 처리할 수 있는 수단인 플래티넘 슬레이어를 먼저 초빙하려고 각 지자체들끼리도 경쟁이 붙었다. 플래티넘 슬레이어를 잡는 자가 차기 대통령으로 유력하다는 말까지 나돌았다.

여담이지만, 더 이상 올라갈 곳이 없어 보였던 서울의 집값이 또다시 폭등했다.

* * *

현석은 웨어울프들을 처리하는 것에 그리 어려움을 느끼지 않았다. 인하 길드원들은 이미 각자의 자리에서 각자의 역할을 훌륭히 수행해 낼 수 있는 경지다. 적어도 웨어울프를 상대로 할 때는 말이다. 게다가 웨어울프는 경험치도 많이 준다. 한꺼번에 처리하면 업적까지도 인정되며 필드에서는 유일하게 옐로스톤까지 드롭하는 소중한(?) 몬스터다.

그리고 한 달의 시간을 거치면서, 한국 유니온이 결국 일을 냈다. 한국 정부와 본격적으로 협상을 벌인 결과 '몬스터스톤'의 개인 소유권을 인정받는 것으로 결론이 났다. 여태까지 몬스터스톤은 전적으로 국가에 소속되는 것이 원칙이었다. 그나마 예외라고 하면 세 가지 정도가 있었는데 하나는 개인이 몰래 가지고 있는 경우. 이 경우는 애초에 단속이 불가능하니까 어쩔 수 없는 경우다. 그리고 또 하나는 몬스터스톤을 활용한 아이템 강화의 경우. 이 경우, 몬스터스톤의 획득 여부를 구청에 신고한 다음 사용하는 것은 합법이었다.(물론 현실적으로 그런 슬레이어는 거의 없었지만.) 그리고 마지막으로 암거래를 통한 몬스터스톤의 거래였다.

현실적으로 슬레이어들은 정부와의 거래보다는 암거래를 통해 몬스터스톤을 판매하는 것을 훨씬 선호하고 있었다. 하지만 이젠 더 이상 암거래가 아니게 된 거다. 몬스터스톤의 사유재산화를 인정받았다.

물론 지금 당장 적용되는 건 아니었다. 일단은 출고량 자체가 적은 옐로스톤부터 시작하여 점차 확대해 나가는 방향으로 적용된다. 그동안 음지에서 활동하던 브로커들이 양지로 나오게 될 거란 전망이 지배적이었다.

　현석이 말했다.

　"결국 따내셨네요."

　"그래. 다 네 덕분이다. 네가 없었으면 한국 유니온과 슬레이어가 유리한 고지에서 협상할 수는 없었을 테니까."

　"제가 뭘요."

　유니온장이자 ㈜소리의 대주주인 성형은 약간 상기되어 말했다.

　"㈜소리는 유니온과 함께, 정부를 대신해서 몬스터스톤을 구입하고 판매하고 유통까지 담당하게 될 거야. 아마 꽤 큰 자본이 생길 거라고 생각하고 있어."

　"잘됐네요. 여태까지 유니온 운영비… 솔직히 형님 사재로 빼서 썼잖아요. 길드들로부터 세금 같은 걸 상납받는 것도 아니고."

　원래 종원이 만든 척살조로부터 시작한 한국 유니온이 이렇게 클 수 있었던 건 성형의 능력이 9할 이상 차지한다고 해도 과언이 아닐 정도였다.

　'만약 종원이였으면… 척살조로 끝났겠지.'

성형이 말했다.

"내일이 또 보름달이 뜨는 날인데 민서는?"

"그게 좀 고민이에요. 시험기간인데 데려와도 될지."

"사실상 데려와도 된다고 본다. 민서가 슬레잉을 좋아하는
것도 좋아하는 거고⋯⋯. 또 이제 지능 스탯 100을 목전에 두
고 있다면서. 그렇게 되면 최소한 상급이상의 스킬들을 구사
할 수 있을 거고 그러면 너야 그렇다 치고 다른 길드원들한테
도움이 많이 될 텐데."

사실 지능 스탯 100을 목전에 두고 있는 게 맞긴 맞다. 그
런데 일부러 올리지 않고 있다. 현석과 함께 몬스터 웨이브를
처리하면 최소 불가능 업적 이상이 뜨는데, 그렇게 되면 '불가
능에 도전하는 칭호'가 업그레이드 될 가능성이 있다. 그래서
그때를 위해 일부러 잔여 스탯을 남겨놓고 있는 중이다. 지금
당장 스탯 업이 필요한 것도 아니고 말이다.

'사실 슬레잉에 참여하는 게 민서에게도 좋긴 하지.'

현석도 그렇게 생각은 한다. 그러나 현석이 아무리 플래티
넘 슬레이어고 잘나간다고 해도, 어쩔 수 없는 오라비는 오라
비였다. 그 나이 대에게 굉장히 중요한 공부와 시험까지 포기
하게 하면서 굳이 슬레잉을 데려와야 하나 싶기도 하다. 남들,
아니, 바로 옆에 하종원만 하더라도 답답하다고, 무슨 시대에
뒤떨어진 생각을 하고 있느냐고 타박을 줄 만한 생각이라는

걸 현석도 알긴 안다. 그런데 머리로 아는 거랑은 약간 다른 문제다. 오랜 고민 끝에 결국 현석은 민서의 슬레잉 참여를 허락했다.

'오늘 밤은 또 조용하겠네.'

웨어울프가 등장한 이후, 보름달이 뜨는 날 밤은 거리가 더없이 한산해졌다. 적어도 웨어울프가 출몰하는 지역의 거리는 그랬다. 이 날은 암묵적으로 야근이 금지되었으며 해가 떨어진 이후에 거리를 활보하면 미친놈 소리 듣기 딱 좋았다.

성형이 말했다.

"강남 스타일에서도 이번에 다시 도전할 거야."

"위험하지 않겠어요?"

"너랑은 달라. 그들은 군과 적극적으로 협조해서 현대 무기를 지원받을 거야. 무기뿐만 아니라 이번에 음, 방어구라고 하기에는 좀 그렇고 하여튼 특수 제작한 조끼 같은 것을 지원할 거거든. 웨어울프 슬레잉에 최적화됐어. 습성도 많이 파악됐으니까. 조심만하면 충분히 슬레잉이 가능할 거야."

골드 등급의 슬레이어가 저번 달에 웨어울프를 슬레잉하려다 실패했다.

그러나 인간은 학습을 하는 생물이다. 아이템이 없다면 만들면 된다.

인하 길드도 웨어울프를 슬레잉할 때는 고압전류가 흐르는

5미터의 벽을 사용한다. 민서와 평화를 보다 안전하게 지키기 위해서 말이다.

웨어울프는 상대를 공격하는 데에 크게 두 가지 패턴을 가지고 있다. 높이 점프해서, 손톱으로 위에서 아래로 공격을 하거나 일직선으로 달려들어 목덜미 혹은 어깨를 물어뜯는다. 그러니까 다시 말해 정수리와 목덜미, 그리고 어깨만 잘 보호한다면 치명상은 피할 수 있다는 소리다.

현석이 말했다.

"아이템 상점에서 나오는 아이템보다 실제 물건들의 효용성이 더 좋은 거네요."

"맞아. 소리에서도 웨어울프 전용 아이템을 대량 생산하기로 했어. 이미 특허도 따냈고. 언제가 될지는 모르지만 전 세계에 웨어울프가 나타날 테니까."

㈜소리는 이미 글로벌 기업이다. 처음에는 스마트 도감으로 시작했는데 이제 각종 아이템도 만들어서 팔고 있다. 몬스터스톤의 관리 및 유통까지 겸하게 될 거니까, 더더욱 그 세력이 확장될 거다.

어쨌든 현석은 그날 밤 인하 길드원 전원을 데리고 강화된 웨어울프 슬레잉에 나섰다. 이번에도 역시 사망자가 단 한 명도 발생하지 않았다. 전국적으로 웨어울프가 출몰하는 곳은 총 30여 곳이나 된다. 그중 세 곳이 인하 길드에 의해 정리됐다. 그리고 한 곳이 강남 스타일에 의해 정리됐다. 이번에는 강남 스타일도 슬레잉에 성공했다. 소문에 따르면 위험한 순간도 몇 번 있었지만 어떻게든 사망자 없이 슬레잉에 성공했다고 했다. 물론 그 와중에 군과 경의 피해도 꾸준히 생겨났다.

〈웨어울프, 더 이상 공포의 대명사가 아니다!〉
〈플래티넘 슬레이어의 업적. 그리고 강남 스타일의 분투!〉
〈군과 경! 효과적인 웨어울프 상대 방법을 찾아내.〉

웨어울프에 의한 사망자 수도 현격히 줄어갔다. 대처법을 어느 정도 찾게 되자 피해가 많이 줄어든 거다. 시민들도 어느 정도 웨어울프에 대한 경각심을 잊게 됐다.

낙뢰는 무시무시한 천재지변 중 하나라고 할 수 있다. 일단 맞으면 살아날 확률이 그리 높지 않다. 그러나 낙뢰가 무서워서 돌아다니지 못하는 사람은 별로 없다. 맞을 확률이 거의 없으니까. 웨어울프도 비슷하다고 보면 됐다. 일단 만나면 무섭긴 무서운데 조우할 확률이 거의 없다 보니 사람들의 기억 속에서 조금씩 잊혀갔다.

그러던 와중, 일본에 자이언트 터틀 두 마리가 나타났다는 소식이 전해졌다. 사실상 자이언트 터틀은 등껍질이 있을 때엔 그렇게 위험한 몬스터라고 할 수 없다. 그러나 그건 어디까지나 실드가 깨지기 전의 이야기였다.

"대규모 공장 단지에 나타났다는데?"

"크레인이랑 뭐라더라? 기중기? 그걸로 끌어 올려 막고 있는 모양이야."

그런데 자이언트 터틀은 거대하다. 높이가 5미터에 이르는 싸이클롭스 네댓 마리는 태우고 다닐 정도로 널찍한 크기를 가졌다. 물론 높이도 5미터는 된다. 여태껏 등장한 몬스터 중 최대의 크기를 자랑한다. 그 말은 즉, 질량도 많이 나간다는 뜻이고 걸어 다니는 충차라고 보면 됐다. 게다가 자이언트 터틀은 일직선으로밖에 움직이질 않는다. 그냥 내버려 뒀다가는 생산 기반 시설을 전부 파괴시킬 수도 있는 노릇이었다.

일본의 슬레이어들은 화딱지가 나서 미칠 지경이었다. 싸이클롭스와는 다르게 일단 자이언트 터틀은 슬레잉이 가능한 몬스터다. 방패만 잘 구비해서—산성 독은 피부에 직접 접촉되지 않으면 파괴력이 그렇게 큰 편은 아니다—힘을 합치면, 사망자가 없을 수는 없겠지만 충분히 잡을 수 있는 몬스터인데, 그것도 일단 실드가 벗겨졌을 때 얘기다. 아무리 때리고 치고 물고 박아도 대미지 자체가 안 먹혔다.

슬레이어들은 성질을 냈다. 한국어로 굳이 표현해 보자면,

"아오 씨팔! 안 해먹어!"

정도가 되겠다. 살다 살다 이렇게 방어력이 높은 몬스터는 처음 본다. 아예 싸이클롭스처럼 무시무시한 개체면 화도 안 나겠는데 이런 느림보 거북이 같은 몬스터에게 공격 자체가 안 먹히니 열이 받을 만도 했다.

시간이 지나 슬레이어들은 슬레잉을 포기했다. 대신에.

"와…… 역시 일본이다. 상상도 못 한 걸 해내네."

상상도 못 했던 일을 벌여 버렸다. 자이언트 터틀을 산 채로 사로잡아 사육하기 시작한 거다. 거대한 테마 공원을 설립할 예정이란다. 자이언트 터틀의 이동속도는 엄청나게 느리다. 눈 감고 아무렇게나 뛰어도 발에 깔려 죽을 일은 거의 없을 정도다. 공격을 받고 있으면 시속 5미터의 속도를 자랑(?)한다.

이동속도가 굉장히 느리기 때문에 그렇게까지 거대한 공원이 필요하지는 않았다. 약 한 달에 한 번 정도, 자이언트 터틀의 이동 방향만 살짝 틀어주면 충분히 사육이 가능했다. 어차피 자이언트 터틀이 무언가를 먹는 것도 아니고—심지어 웨어울프도 사람을 죽이기만 했지 뜯어 먹지는 않았다—그냥 두면 몸집만 큰 좋은 관광 상품이 될 수 있다는 것이 일본인들의 취지였다.

테마파크는 제법 인기가 좋았다. 슬레이어, 몬스터 모두 일반인들에게는 별세계의 이야기다. 거대한 몬스터를 직접 볼 수 있다는 사실에 관광객들이 몰려들었다. 심지어 해외에서도

구경을 왔다. 자이언트 터틀 테마파크는 삽시간에 관광 명소
가 됐다.

관광 수익이 크게 늘은 일본 정부는 즐거워했다.

                    *   *   *

인하 길드는 수련 던전을 찾으면 지체하지 않고 입성한다.
수련 던전만큼 스킬 레벨과 숙련도를 높여주는 곳이 없었으
니까. 그런 의미에서 명훈을 영입한 건 신의 한 수라고 해도
무방할 정도였다. 현재까지 알려진 바에 의하면 수련 던전을
찾을 수 있는 트랩퍼는 명훈이 유일했으니까.

수련 던전을 클리어하고 나왔더니, 세상에는 한바탕 난리가
일어나 있었다. 일본의 자이언트 터틀 테마파크에 일어난 사
건 때문에 심각한 문제가 발생해 있었다.

일본은 자이언트 터틀을 사육─사실상 사육이라고 하기에
는 어렵지만 일단은 사육이라 표현하기로 한다─하여 공원을
조성했다. 처음에는 그것에 대하여 회의적인 의견이 많았지만
시간이 점차 흐르면서 자이언트 터틀 테마파크는 점점 인기를
얻기 시작했고 내국인뿐만 아니라 외국인들도 자이언트 터틀
을 보러 관광을 오게 됐다. 관광 수입이 굉장했다. 하루가 다
르게 기하급수적으로 수익이 증가했다.

일반인들에게 몬스터란 '별세계 생물'이라는 점이 특히 효과를 발휘했다. 심지어 공룡만 한 몬스터라니. 더더군다나 그 공룡만 한 몬스터가 짝짓기를 하는 것마저도 목격되면서 자이언트 터틀 테마파크는 엄청나게 유명해졌다. 그 거대한 몬스터의 성행위 장면은 실시간으로 영상을 타서 전 세계적으로 5억 뷰를 돌파했을 정도였다. 그것만으로도 엄청난 홍보 효과가 나타났다.

그런데 자이언트 터틀이 일본에 처음 나타난 지 90일이 지나면서 문제가 발생했다. 온순하고 겁 많던 자이언트 터틀이 갑작스레 난폭해진 것이다. 정확히 90일째 되는 날 그랬다. 주위에서 기념사진을 찍던 사람들은 물론이고 관광객들 수백 명이 자이언트 터틀의 산성액에 맞아 죽어버렸다. 시체도 남기지 않고 녹아버려 신원 파악도 어려워졌다.

정확히 사망자 수가 집계되지는 않았지만 현재까지 확인된 것만 180명이 넘었다. 자위대가 급히 출동하여 전투기를 통해 어그로를 끌어오는 것에는 성공했지만 딱 거기까지였다.

평소와 다르게 웨어울프가 나타난 수련 던전을 클리어하고 나온 현석은, 성형의 연락에 태연스레 되물었다.

"등껍질이 남아 있는데도 공격을 했다는 거군요?"

─맞아. 벌써 사망자 수가 100명을 훌쩍 넘었어. 아직 발표는 안 됐지만 500명은 넘을 거라는 전망이고.

"그렇… 군요. 등껍질이 남아 있다면 싸이클롭스보다도 훨씬 단단한 실드를 공격할 수 있는 수단이 없겠네요."

─그래. 그런데 별로 놀라지 않네? 등껍질이 남아 있는 상태에서 난폭해진 건데…….

"뭐, 그다지요. 수련 던전에서 몇 번 봤거든요, 그런 형태."

현대 무기로는 싸이클롭스의 실드도 깨지 못했다. 그나마 미국만이 사냥에 성공했을 뿐이다. 그러나 그것도 성공이라고 하기는 힘들었다. 왜냐하면 현대 무기에 의해 사살된 몬스터는 언젠가 반드시 리젠한다는 가설이 기정사실화되었기 때문이다. 물론 '법칙'이라고까지 표현하기는 힘들었다. 하지만 시간이 흐르면 흐를수록 그 가설은 힘을 얻고 있는 중이었다. 만약 나중에라도, 미국에서 싸이클롭스가 나타난다면 그 가설은 더욱더 힘을 얻게 될 거다.

어쨌든 싸이클롭스보다도 훨씬 강한 실드를 가진 자이언트 터틀을 일본의 자위대가 무력화시키기는 힘들 노릇이었다.

'결국… 해결책은 슬레잉인데…….'

일본 유니온에서도 발등에 불이 떨어졌다. 그런데 그들이라고 해서 뭔가 할 수 있을 리는 없었다. 그도 그럴 것이 예전에 싸이클롭스를 슬레잉하다가 100명이 넘는 상위 급 슬레이어가 죽어버렸다.

물론, 그 당시 70인의 결사대를 조직했던 슬레이어들은 최상급 슬레이어는 아니었다. 정말 최상위 급 슬레이어들은 현석의 무력을 알고 있고, 단지 자존심 때문에 그런 위험한 슬레잉에 참여할 사람은 거의 없었다. 있었다면 최상위 급 슬레이어가 되기 전에 이미 죽었을 거다. 그러나 최상위 급 슬레이어들이 건재하다고 해서 일본 슬레이어들의 역량이 약화되지 않았다는 말은 결코 아니었다.

'여전히 슬레잉 강국이기는 하지만 자이언트 터틀을 슬레잉할 수 있는 힘은 없을 거야.'

그나마 다행인 것은 자이언트 터틀의 활동 반경이 그렇게 넓지 않다는 것 정도. 활동 반경이 넓지 않다는 건, 접근만 하지 않는다면 크게 위험하지 않다는 거다.

'그래도 느린 속도이긴 하지만 도시 쪽으로 계속 움직이고 있어.'

자이언트 터틀은 웨어울프보다 상위 급 개체라고 생각하고 있는 중이다.

몬스터의 성질과 성향이 달라서 '무엇이 더 강하다' 라고 정의내리기는 힘들지만 현석이 느끼는 난이도는 자이언트 터틀이 웨어울프보다 더 높았다.

일본은 지금 진땀을 빼고 있는 중이다.

자이언트 터틀의 문제를 둘째치고서, 국제적으로 엄청나게 욕을 얻어먹고 있다. 특히 중국에서 일본을 강도 높게 비판했

다. 중국 관광객 수십 명이 죽었으니 그럴 만도 했다. 심지어
중국 내에서는 일본 제품 불매운동이 일어나기도 했다.

〈안전도 제대로 확보하지 못한 채 상업적 이익에만 눈이 먼
행태 때문에 벌어진 참사.〉
〈미래를 내다보지 못한 근시안적 판단의 극단적인 피해!〉

사실 중국이 욕할 건 아니었다. 근시안적 판단은, 중국이
더 심했으니까. 그러나 이번 사건의 경우는 어떻게 변명하려
해봐도 이건 분명 일본의 잘못이었고 그들이 지금 당장에 할
수 있는 거라곤 적합한 보상 약속과 자이언트 터틀의 처치밖
에는 없었다.

보상이야 그들의 힘으로 할 수 있다손 치더라도 슬레잉은
불가능했다.

결국 현석에게 도움 요청이 왔다. 일본 유니온과 정부는 현
석에게 천억 원을 제시했다. 그러나 한국 유니온에서 그걸 거
절했다. 현석은 자이언트 터틀을 없앨 수 있는 유일한 수단인
데, 천억은 너무 싸다는 것이 한국 유니온의 입장이었다. 물론
이러한 사실은 대중에는 전혀 공표되지 않았다.

성형이 말했다.

"한국 유니온에 3천억을 지급하는 걸로 마무리 지었다. 물

론 유니온에 들어오는 게 아니라 너한테 지급될 거고, 더 뜯어낸다면 뜯어낼 수 있겠지만 너무 많이 뜯어내도 모양새가 좋지 않아."

어쨌든 현석의 일본행이 결정되었고 그와 동시에 현석은 일본에서 마련해 준 전용기를 타고서 출국했다.

CHAPTER 11

자이언트 터틀의 숫자는 두 마리였다.

'90일이 지나면 페널티가 해제되는 건가.'

수련 던전의 보스 몹으로 등장하는 자이언트 터틀은 현석 때문에 페널티 제한이 풀린다. 특수 공격이 자연스러워지며 상당히 난폭해진다. 아무래도 일반 필드에서는 시간제한이 걸려 있는 듯했다.

자이언트 터틀은 업적으로 인정되는 몬스터다. 인하 길드원들도 전부 데려왔다. 자이언트 터틀이야 수련 던전에서 이미 많이 만나본 몬스터다. 각자 위치를 잡았다.

그런데 홍세영이 말했다.

"현석아."

"어?"

"조금 다르지 않아?"

"뭐가?"

"잠시만 기다려봐."

홍세영 역시 최상위 급 슬레이어다. 육체적인 스펙을 논외로 치고 따진다면 오히려 현석보다 모든 면에서 앞서고 있는 슬레이어다. 그리고 다른 것보다도 속도와 민첩 위주의 슬레이어다. 그래서 그녀는 어지간해서는 얻어맞지 않고 치명타를 허용하는 경우가 거의 없지만 일단 맞으면 피해가 컸다. 그렇다 보니 그녀는 위험을 감지하는 데에 현석보다도 훨씬 뛰어나다고 할 수 있겠다.

"저 자이언트 터틀, 예전 한국에서 봤던 자이언트 터틀보다 훨씬 강해."

"강하다고? 네 스킬로 확인한 거야?"

"응. 훨씬 강해."

세영의 특수 스킬 '육감'은 강할지 약할지에 대한 판단만 가능하게 해 줄 뿐 정확한 수치는 알려 주지 않기 때문에 얼마나 강하지는 정확히 알 수 없었다.

"자이언트 터틀의 특성을 생각하면 방어력이 뛰어나게 높아졌을 가능성이 높은데."

그러나 그건 말 그대로 가능성일 뿐이다.

세영이 말했다.

"나도 그렇게 생각해. 하지만 만약 산성액이 더욱 광범위해졌다거나 대미지가 높아졌다거나, 그런 식으로 강해졌다면 너를 제외한 모두가 위험해질 수 있어."

명훈이 엄살을 부렸다. 현석을 쳐다보며 말했다.

"안 되겠다. 나는 역시 전투에는 별로 도움 안 되니까 멀리 도망쳐 있을게. 부탁해. 형."

전 세계, 공식 힘 스탯 1위의 하종원도 현석을 쳐다봤다. 그 딴에는 애처로운 눈길이라 주장하는 눈빛으로 말이다.

"나도 연약하니까 빠져 있을게. 일단 한 마리부터 어떻게 해봐, 형."

민서가 신경질 냈다.

"종원 오빠는 힘도 세면서 왜 우리 오빠 부려 먹을라 그래! 힘 센 오빠가 하면 되지!"

"와! 존나 억울해!"

억울할 법하다. 종원의 힘이 세긴 하지만 현석에 비하면 아무것도 아니다. 민서도 그 사실을 알고 있었다. 종원이 못내 억울해하자 민서는 작전을 바꿔 애교 섞인 말을 하기 시작했다.

"에이… 그래두 오빠는 진짜 세잖아. 공식적으로 힘 스탯 1위의 슬레이어인데……. 응? 응?"

그 말에 종원은 어깨를 활짝 펴고 턱을 조금 높이 들었다. 한껏 과장된 태도로 우쭐거렸다.

"하긴. 내가 좀 세긴 하지."

그 모습에 평화가 재미있다는 듯 배시시 웃었다.

자이언트 터틀을 저만치 앞에 두고서 여유를 부렸다. 홍세영의 경고가 있기는 했지만 이들은 그렇게까지 긴장하지는 않았다. 거리가 멀리 떨어져 있는 상태고, 일단 한 마리는 현석이 맡을 거다. 현석이 맡아 상대해 본 다음 만약 상대해볼 만하면 슬레잉에 같이 참여하면 된다. 이곳에 모인 그 어느 누구도 현석이 위험해질 거라고는 생각하지 않았다. 아니, 생각하지 못했다. 이건 자이언트 터틀을 많이 상대해 봤고 또 현석의 강함을 몸소 알고 있는 인하 길드만이 가질 수 있는 여유였다.

그런 의미에서, 일본 유니온에서 안내를 맡은 유우지와 켄지는 내심 어이가 없었다.

'자이언트 터틀을 저만치 앞에 두고 뭐가 이렇게 여유로워?'

'지들이 전부 플래티넘 슬레이어도 아니고.'

전부 플래티넘 슬레이어 수준의 실력을 가졌다면 그나마 이해라도 하겠다. 그런데 너무 여유로워 보였다. 유우지가 말했다.

"이제 조금만 더 가면 자이언트 터틀의 공격권 내에 들어섭니다. 저희의 안내는 여기까지입니다."

그 말을 달리하면, '이제부터는 위험하니까 우리는 빠지겠다. 그니까 돈을 3천억씩이나 받아먹은 너희는 알아서 조심하고 긴장 좀 타라' 였다.

현석이 말했다.

"여기서 대기하고 있어."

*   *   *

현석이 달리기 시작했다. 자이언트 터틀이 현석을 발견했는지 산성액을 분출했다.

'빠르다!'

현석이 지그재그로 달리면서 산성액을 피해냈다.

프스슷—! 산성액이 초록색 잔디에 뿌려질 때마다 잔디는 허연 연기를 내며 짙푸른 색 액체로 녹아내렸다. 그리고 이내 지름 약 30㎝ 정도의 황토색 구덩이가 패였다.

자이언트 터틀의 산성 액체 공격은 지나치게 빨랐다. 수련 던전에서 페널티가 해제된 자이언트 터틀보다도 훨씬 빨랐다. 속도가 이토록 빠르다는 건 그만큼 대미지도 강해졌을 확률이 높다.

상당수를 피하기는 했는데 워낙에 분사되는 속도가 빨라서 현석도 2대가량 얻어맞았다. 직통으로 뒤집어 쓴 것은 아니었다만 흩뿌려진 분사액에 노출됐다. 자이언트 터틀의 산성액은 피부에 직접 접촉되면 크리티컬 샷과 직접 접촉 대미지가 한꺼번에 뜬다.

[자이언트 터틀의 산성액에 노출되었습니다.]
[독에 중독됩니다.]
[대미지 −200]
[대미지 −200]
[대미지 −200]
[대미지 −200]

알림음이 총 10번 울렸다. 대미지가 도합 2천이나 들어왔다.

'직접 맞은 것도 아닌데⋯⋯. 분사된 액체에 맞은 걸로 2천이 깎여 나갔다고?'

이건 현석을 제외한 다른 사람들에게는 충분히 위험했다. 90일이 지나서 성향이 난폭해졌다고 알고 있었다. 그런데 그게 아니었다. 성향이 난폭해진 것이 아니라, 90일이 지나 진화

했다고 말하는 게 옳았다.

그래도 상대하지 못할 정도는 아니었다. 대미지가 2천이나 들어온 건 사실 놀라운 일이지만 현석에게 있어서 큰 위협은 아니었으니까. 그런데 현석이 펼친 전투 필드에 자이언트 터틀이 들어가게 되자 알림음이 들려왔다.

[자이언트 터틀-(강)의 등급이 상향 조정 됩니다.]

그리고 공격이 더욱 강해졌다. 녹색 산성액이 아니라 이젠 파란색이 감도는. 아니, 파란색에 더 가까운 산성액이 분무기처럼 뿜어졌다. 애초에 피할 공간이 없다. 현석은 일단 후퇴를 감행했다. 그 과정에서 살짝 얻어맞았는데 대미지가 이번에 2천이 아니라 4천이 넘게 들어왔다.

'더 살짝 얻어맞았는데…… 이번엔 4천이다.'

4천 자체만으로 큰 대미지는 아니다. 그러나 이건 직격이 아니라 말 그대로 분산 공격이었다.

만약 정말로 공격범위 내에 들어서서 직격타를 맞아 크리티컬 샷이 연달아 뜬다면 정말로 위험할 수도 있다.

참고로 자이언트 터틀의 산성독은 피부에 직접 접촉되면 무조건 크리티컬 샷이 뜨고 대미지가 누적된다.

방어구를 사용할 수 없는 현석에게는 상당히 불리한 공격이라 할 수 있었다.

'위험을 좀 감수해야겠는데?'

게다가 자이언트 터틀은 공격력보다 방어력이 강한 개체다.

공격력이 이 정도로 강화됐다면 방어력도 그에 걸맞게 강해졌을 거다.

'공격력이 이 정도면… 방어력은 더 강해졌겠지.'

방어력이 강하다는 말은 반탄력을 더 조심하면서 더 오래 때려야 한다는 뜻이다.

그리고 자이언트 터틀을 공격하는 와중에 분사액을 맞지 않을 자신이 없다. 원래 슬레잉이란 H/P가 달지 않는 것을 전제로 하여 이루어진다. 이 상황에서 굳이 위험을 무릅쓸 필요가 없다.

'일단 몸을 빼는 게 낫겠어.'

지금도 이 정도 수준으로 강화됐다. 그런데 자이언트 터틀은 등껍질이 깨지면 더 강화되는 개체다. 만약 등껍질이 깨지고 난 이후에 어떻게 변할지는 모를 일이다. 현석은 물론 싸이클롭스 솔로잉이 가능한 유일무이한 슬레이어지만 자신의 힘을 과도하게 믿지는 않는다. 오히려 소심하게 행동하는 경우가 많다. 목숨이 걸린 일이다. 조심해서 나쁠 게 전혀 없다.

지금 당장 슬레잉이 위험하다면 일단 후퇴해도 된다. 일본으로부터 지급받을 3천억 원. 까짓것 안 받으면 된다. 목숨보다 3천억이 중요하지는 않으니까.

민서가 발을 동동 굴렀다.

"뭐야? 오빠 지금 대미지 입고 있잖아?"

평화의 다리가 부들부들 떨렸다.

'어, 어떡해……'

사실상 현석의 H/P는 겨우(?) 6천 달았다. 사실상 민서와 평화는 과잉 걱정을 하고 있는 중이다. 안내를 맡았던 유우지와 켄지는 겉으로는 걱정하는 척했지만 속으로는 코웃음 쳤다.

'엄청 조금 달았을 뿐인데 뭘 저렇게 걱정하고 난리야?'

그들은 현석의 피통이 어마어마하다는 걸 모르고 현석의 피통이 깎여나갔다는 게 얼마나 엄청난 일인지 알지 못했다.

'사실은 플래티넘 슬레이어의 위업이 과장된 것이 틀림없다.'

유우지와 켄지는 저 자이언트 터틀의 강함을 통상적인 자이언트 터틀의 강함으로 생각했다. 물론 분사액의 색깔이 달라지긴 했지만 그게 현석의 강함 때문에 등급이 상향 조정되어서라고는 생각하지 못했다. 제대로 된 보고를 올려야겠다고 생각했다.

'플래티넘 슬레이어. 생각보다는 약하다! 소문이 과장된 것이었어!'

'그의 실력이 과대 포장되어 있었어.'

어쨌든 현석은 철수를 결정했다. 인하 길드는 큰 위험을 부담하고 싶지 않다는 것이 이유였다. 일단은 철수지만 그에겐 또 다른 생각이 있었다.

현석이 인하 길드원들에게 돌아왔다. 어느새 그의 H/P는 가득 차 있었다.

"일단 철수하자."

현석에게 다른 생각이 있는지 없는지는 둘째치고 일단, 그에게 있어서 첫 슬레잉 실패였다. 현석은 '첫 슬레잉 실패'에 대해서 별로 개의치 않았다. 자존심도 안 상했다. 그러나 플래티넘 슬레이어의 첫 슬레잉 실패에 전 세계가 떠들썩해졌다. 플래티넘 슬레이어가 심각한 부상을 입어 지금 병원에 입원해 있다는 말도 안 되는 소문까지도 퍼질 정도였다.

덧붙여 사태를 이토록 심각하게 만든 것에 대한 책임으로, 일본 정부에 대한 비판의 목소리가 높아졌다.

*   *   *

현석은 중국에서 싸이클롭스 슬레잉에 성공했었다. 그리고 중국에서의 싸이클롭스 역시 노멀 모드 규격을 아득히 초월한 몬스터였고 덕분에 레드스톤을 얻을 수 있었다. 전 세계에 딱 두 개 있는 몬스터스톤이고 하나는 한국 정부가, 하나는 현석이 갖고 있다.

홍대, 아이템 강화 스토어 폴리네타.

현석의 인상착의를 확실히 기억하고 있었던 지라 폴리네타의 3인방은 현석이 왔다는 소식에 예약 손님까지 제쳐두고 뛰쳐나와 현석을 맞이했다. 어찌나 극진하고 공손하게 대하는지 손님으로 온 현석이 민망해질 정도였다.

현석이 물었다.

"혹시 레드스톤으로도 스킬북 강화가 가능할까요?"

진짜로 레드스톤으로 강화를 하려는 게 아니라 혹시 가능한지 물어본 거다. 한편, 중식은 현석이 이제 누군지 안다. 확실하게 그가 '나는 플래티넘 슬레이어다'라고 말을 한 적은 없지만, 아마도 플래티넘 슬레이어일 거라고 생각하는 중이었다. 그것이 이번에 레드스톤과 관련한 얘기가 나오자 추측이 아닌 확신이 되었다.

중식이 헛바람을 들이켰다.

'역시 예상이 맞았어. 레드스톤이 전 세계에 두 개밖에 없어. 하나는 한국 정부에, 또 하나는……'

또 하나는 플래티넘 슬레이어 개인에게 귀속되어 있다. 정부에서는 비록 150억 원가량의 가치를 내걸었지만 사실상 레드스톤은 돈으로 환산하기 어려운 금액을 가지고 있다. 다른 건 둘째치고서 전 세계에 단 두 개밖에 없는 물건이니까.

현석이 다시 물었다.

"저기… 레드스톤으로 스킬북 강화가 가능합니까?"

"아, 예… 네, 네? 뭐라고요?"

폴리네트의 왕고 중식은 저도 모르게 말을 더듬었다. 정신 차리자, 중식아! 스스로 마음을 다잡았다. 현석이 크흠, 헛기침을 한 번 했다. 이 사람이 왜 이러는지 대충 이해는 된다만 거들먹거리지는 않았다. 다시 정중하게 물었다.

"레드스톤으로 스킬북 강화가 가능한지 여쭤봤습니다. 진짜 하려는 건 아니고……. 가능 여부를 묻는 거예요."

"아… 그건……."

현석은 VVIP다. VVIP가 요구하는 건 똥으로 메주를 쑤라고 해도 할 수 있어야 한다. 할 수 있다. 무조건 할 수 있다고 대답하고는 싶으나 차마 그럴 수는 없었다. 정말로 불가능한 건 불가능한 거다.

"죄송… 합니다. 불가능합니다."

그의 스킬로는 불가능했다.

그에 현석은 웨어울프를 슬레잉하여 얻은 '상급 체술'을 엘로스톤으로 3강으로 업그레이드했다. 상급 체술은 1강을 했을 때 최상급 체술이 됐고 2강을 더 했을 때 최상급 체술 LV.2가 됐다. 나중에 더 좋은 체술 스킬이 나오면 익혀볼까 했었는데 지금은 상급 체술을 강화하여 익히는 것으로 만족하기로 했다.

현석은 아쉬운 대로 최상급 체술—LV.2 스킬북을 사용했다. 당연히 3강이다. 폴리네트는 이번 계약으로 인해 다국적 대기업으로 뻗어나갈 수 있는 발판을 마련했다. 다시 말해 자금이 많이 생겼다. 옐로스톤으로 강화를 하는데 거의 200개의 물량을 쏟아부었다. 역시 플래티넘 슬레이어는 명불허전이었다.

그 후, 현석은 일본에 재입국했다.

*   *   *

플래티넘 슬레이어는 일본에서 후퇴했다.

〈플래티넘 슬레이어의 후퇴. 일본의 선택은 과연 어떻게 될 것인가!〉
〈플래티넘 슬레이어의 선택, 비겁하다고 욕할 수는 없어.〉

현석의 후퇴에 대한 공식적인 입장은 그랬다.

아무도 그를 욕할 자격은 없었다. 슬레이어는 경찰도 아니고 자원봉사자도 아니다. 위험한 일에 굳이 끼어들 필요는 없다. 받은 돈은 다시 돌려주면 된다. 한국 유니온에서는, 플래티넘 슬레이어가 슬레잉에 실패하더라도 천억—애초의 3천억이 아닌 천억이다—을 돌려주는 것 외에 다른 불리한 조항은 없도록 미리 계약을 설정해 놨었다. 플래티넘 슬레이어가 실패할 리 없다고 생각한 일본은 그 조항이 있음에도 불구하고 계약을 했던 거고. 사실상 플래티넘 슬레이어 외에 다른 선택지가 없었기는 했지만 말이다.

그러나 일본 대중들에게는 그런 게 아닌 것 같았다.

—찌질한 비겁자. 도망이나 치다니.
—플래티넘의 이름이 아까운 비겁자다.
—플래티넘 슬레이어의 힘이 과대 포장 된 것이 틀림없다!

일본 유니온과 일본 정부에서는 현석에 관한 악성 댓글과 여론을 잠재우려 애썼다.

그들도 바보는 아니었다. 비록 자이언트 터틀 슬레잉에는 실패했지만 플래티넘 슬레이어의 중요성을 알고 있었다.

한창 비난의 여론으로 일본이 들끓고 있는 그때, 현석이 재입국했다.

물론 슬레잉 성공에 확신이 있는 건 아니었기에 소문은 내지 않았다.

굳이 소문냈다가 또다시 후퇴한다면 플래티넘 슬레이어의 이미지에 더한 타격이 있을 것을 고려한 한국 유니온과 현석의 조치였다.

물론 그 와중에도 일본 대중들의 현석에 대한 분노는 계속해서 불타올랐다.

하지만 모든 대중이 그렇지는 않았다. 다만 극단적으로 현석을 비아냥거리고 욕하는 일부 사람들이 있는데, 그들의 주도로 마치 모든 일본인이 그렇게 생각하고 있는 것처럼 여론을 몰아갔다.

현석에게도 자이언트 터틀은 놓치기 아쉬운 사냥감이다. 일반 자이언트 터틀도 업적으로 인정됐다. 그런데 90일간 숙성(?)되어 강화된 자이언트 터틀—(강)은 더 높은 등급의 업적으로 인정될 것이 분명했다.

어쩌면 레드스톤을 드롭할지도 모를 일이고. 평소에는 그린스톤을 드롭하다가 강화되면 옐로스톤을 드롭하는 웨어울프처럼 말이다.

종원이 말했다.

"현석아, 이번에는 괜찮겠냐?"

"일단 안전거리 확보해 두고 있어."

종원은 피식 웃었다.

"까고 있네."

"뭐가?"

"안전제일을 지향하는 네가 한 번 경험을 해보고서, 이번에 또 사랑해 마지않는 민서까지 데려왔잖아. 이게 의미하는 바가 뭐겠냐?"

"의미하는 바?"

"내가 아는 한, 너는 지금 99퍼센트 슬레잉 성공을 확신하고 있어. 내 말이 틀렸냐?"

안내를 담당하고 있는 유우지와 켄지는, 저번보다는 태도가 조금 더 딱딱해졌다. 티를 내지 않으려고 하기는 했으나 그래도 눈에 보였다. 아무래도 현석에 대한 기대가 컸던 것만큼 실망도 큰 것 같았다.

'겨우 3일 정도가 지났을 뿐인데 왜 또 온 거지?'

'3일 동안 무슨 변화가 있었으려고……'

현석은 그것에 별로 개의치 않았다.

현석이 자이언트 터틀에게 접근했다. 그들은 몰랐다. 그들이 생각하는 '겨우' 3일 만에, 현석에게 커다란 변화가 있었다는 것을 말이다.

『올 스탯 슬레이어』 4권에 계속…

초대형 24시 만화방

신간 100%, 샤워실, 흡연실, 수면실(침대석), 커플석, 세탁기 완비

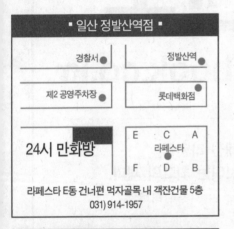
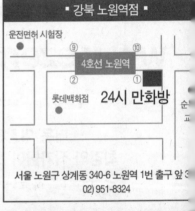
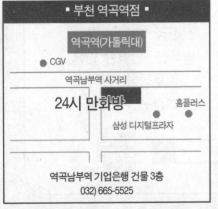
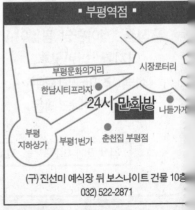

가프 장편 소설

관상왕의
1번룸

FUSION FANTASTIC STORY

거대한 도시의 그늘에서 벌어지는
짜릿하고 통쾌한 이야기!

『관상왕의 1번룸』

텐프로의 진상 처리 담당, 홍 부장.
절망적인 삶의 끝에서 만난 남국의 바다는
그를 새로운 인생으로 인도하는데……

쾌락을 원하는 거부, 성공에 목마른 사업가,
그리고 실패로 절망한 사람들이여.

여기, 관상왕의 1번룸으로 오라!

Book Publishing CHUNGEORAM

유행이 아닌 자유추구 -
WWW.chungeoram.com

FUSION FANTASTIC STORY

미더라 장편 소설

ODD LAWYER

Devil's
Balance

괴짜 변호사
악마의 저울

『즐거운 인생』 미더라 작가의
2015년 대작!

현직 변호사, 형사, 프로파일러, 범죄심리학 전문가 자문으로
현장의 생생함을 그대로 담아낸 현대 판타지!

『괴짜 변호사 : 악마의 저울』

"제가 왜 한 번도 패소한 적이 없는 줄 아십니까?"

"……"

"저는 법으로만 싸우지 않거든요."

법의 칼날 위에서 춤추는 자들과의
치열한 공방이 펼쳐진다!

Book Publishing CHUNGEORAM

유행이 아닌 자유추구 -
WWW. chungeoram.com

현대 소환술사

THE MODERN SUMMONER

FUSION FANTASTIC STORY

현윤 퓨전 판타지 소설

하늘이 무너져도 솟아날 구멍은 있다!

드래곤의 실험으로 모진 고난을 겪어야 했던 레비로스!
우여곡절 끝에 소환술사가 되어 최강의 자리에 오르지만
운명은 그를 나락으로 떨어뜨린다.

『현대 소환술사』

**다시 한 번 주어진 삶!
그러나 그마저도 암울하기 그지없는데…….**

**소환술사 레비로스의
인생 역전이 시작된다!**

Book Publishing CHUNGEORAM

멱운 장편 소설

FUSION FANTASTIC STORY

진공
삼국지

2세기 말 중국 대륙.
역사상 가장 치열했던 쟁패(爭霸)의
시기가 열린다!

중국 고대문학을 공부하던 전도형,
술 마시고 일어나니 도겸의 둘째 아들이 되었다?

조조는 아비의 원수를 갚으러 쳐들어오고
유비는 서주를 빼앗으려 기회만 노리는데…….

"역시 옛사람들은 순수하다니까.
유비가 어설픈 연기로도 성공한 데는 다 이유가 있지, 암."

때로는 군자처럼, 때로는 효웅처럼!
도형이 보여주는 난세를 살아가는 법!

Book Publishing CHUNGEORAM

용맹이 아닌 지유추구 –
WWW.chungeoram.com

이경영 판타지 장편소설

FANTASY FRONTIER SPIRIT

그라니트

용들의 땅

GRANITE

사고로 위장된 사건에 의해 동료를 모두 잃고 서로를 만나게 된 '치프'와 '데스디아'.
사건의 이면에 상식을 벗어난 음모가 있음을 알게 된 둘은
동료들의 죽음을 가슴에 새긴 채 각자의 고향으로 돌아간다.
2년 후, 뜻하지 않게 다시 만난 두 사람은 동료들의 복수를 위해
개적용역회사 '그라니트 용역'을 설립해 다시금 그 땅을 찾게 되는데……

용들이 지배하는 땅 그라니트!
그곳에서 펼쳐지는 고대로부터 이어지는 운명적 만남,
깊어지는 오해, 그리고 채워지는 상처.

『가즈 나이트』시리즈 이경영 작가의 미래형 판타지 신작!

Book Publishing CHUNGEORAM

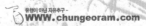

유행이 아닌 자유추구 -
WWW.chungeoram.com

니콜로 장편 소설

FUSION FANTASTIC STORY

마왕의 게임

『경영의 대가』, 『아레나, 이계사냥기』
니콜로 작가의 신작!

『마왕의 게임』

마계 군주들의 차렬한 서열전
궁지에 몰린 악마군주 그레모리는 불패의 명장을 소환하지만⋯⋯.

"거짓을 간파하는 재주를 지녔다고?"
"그렇다, 건방진 인간."
"그럼 이것도 거짓인지 간파해 보아라."

"─나는 이 같은 싸움에서 일만 번 넘게 이겨보았다."

e스포츠의 전설 이신, 악마들의 게임에 끼어들다!

Book Publishing CHUNGEORAM

유행이 아닌 자유추구 -
WWW.chungeoram.com